秋天，一夜之间

[日] 金子美铃／著　闫雪／译

秋は
一夜に

金子美鈴全集
②

湖南文艺出版社
HUNAN LITERATURE AND ART PUBLISHING HOUSE

博集天卷
CS-BOOKY

秋天，一夜之间

——第一章

目录

秋は一夜に

星期天的午后

——

第二章

日
曜
の
午
後

美丽的城市

第三章

美
し
い
町

天空的颜色

——

第四章

空
の
色

寂寞的时候

——

第五章

さびしいとき

清晨与夜晚

第六章

朝
と
夜

日历牌与时钟

第七章

暦 と 時 計

海边的石头

第八章

浜 の 石

马戏团的小屋

——

第九章

曲馬の小屋

秋は一夜に

秋天，一夜之间

——第一章

蔷薇的根

第一朵绽放的蔷薇花，
是一朵红色的大蔷薇。
　　土地里的根心想：
　　"好开心啊，
　　好开心啊。"

第二年，开了三朵
红色的大蔷薇花。
　　土地里的根心想：
　　"又开花了，
　　又开花了。"

第三年，开了七朵
红色的大蔷薇花。
　　土地里的根心想：
　　"为什么，第一次的花
　　不再绽放了呢？"

野蔷薇花

白色的花瓣
夹在了带刺的枝叶上。
"喂，很疼吧。"
微风
赶紧跑去帮助它，
花瓣轻轻地
飘了下来。

白色的花瓣
落到了泥土里。
"喂，很冷吧。"
太阳公公
轻轻地照着，
为它暖身子，
结果花瓣变成了茶色，
枯萎了。

树

花谢了，
果熟了，

果实掉下来，
叶子落下来，

然后再发芽，
再开花。

要经历多少次
这样的轮回，
一棵树才能完成
它的使命呢？

秋天一夜到来。

二百十日[1]刮风，
二百二十日[2]下雨，
黎明时分，雨停了，
这天夜里，秋天悄悄来临。

它会乘着小船从港口登陆吗？
它会张开翅膀在天空中飞翔吗？
它会从地下咕噜咕噜冒出来吗？
谁也不知道，
但它今天早晨确实已经来了。

虽然还不知道在哪里，但它确实已经来了。

1　二百十日：日语中的"二百十日"是从立春起的第210天，在9月1日前后。
2　二百二十日：是指从立春起的第220天，大约在9月11日。

草原

露水晶莹的草原上，
如果光着脚走过，
脚一定会被染得绿绿的吧，
还会沾上青草的芳香吧。

如果我就这样走啊走，
一直走到变成一棵草，
我的脸蛋
也会变成一朵美丽的花，绽放吗？

秋天的书信

大山写给小镇的信：
　"柿子红了，栗子熟了，
斑鸠和白头翁比赛唱歌，
山里像庙会一样热闹。"

小镇写给大山的信：
　"燕子回南方去了，
柳树叶落下来了，
天气凉了，寂寞起来了。"

秋
日
和

好天气，好天气，
河边的树梢上，
伯劳鸟高声歌唱。

晒干了，晒干了，
收割完毕的稻田里，
稻穗挂满了朴树架。

一辆来，一辆走，
对面的街道上，
运输稻穗的车来来往往。

好天气，好天气，
伯劳鸟的叫声，
回响在深不见底的蓝天里。

记得
那是一个
秋天。

我乘着马车经过村外，
一间草屋，竹篱围墙。

竹篱下盛开着
天蓝色的小牵牛花。
——就像一双双仰望天空的眼瞳。

记得
那是一个
晴朗的日子。

紫云英田

花儿星星点点地
在田地里绽放，
紫云英的田亩
被犁铧耕耘着。

目光温柔的
大黑牛
拽着犁铧，
耕耘着田亩。
一片片
花瓣和树叶，
也被带入厚重的
黑土地里。

天空中
云雀在歌唱，
紫云英田
被耕耘得整整齐齐。

桂花

桂花的芳香
飘满庭院。

风儿
徘徊在门外，
商量着
是进屋，还是不进屋呢？

看不见的东西

我睡觉的时候发生了什么？

浅红的桃花瓣飘落下来，
堆积在床头，
我一睁开眼，它们就不见了。

谁都没有见过这场景，
谁都可以说这是假的。

眨眼睛的瞬间有什么？

白色的天马展翅高飞，
比白羽毛的箭还要快地
划过蓝天。

谁都没有见过这样的场景，
可谁又能说这是假的呢？

杉树与杉菜

一棵杉树在歌唱。
我看见
在那大山
对面的大海上，
有像蝴蝶一般张开的
三张白帆。

一棵杉树在歌唱。
我看见
在那大山
对面的大街上，
青铜做的猪豚在喷水。

一棵杉树下，
杉菜在歌唱。
总有一天，
我也会长到它那样高，
我也要看到很远很远的地方。

初秋（一）

凉爽的晚风阵阵吹来。

如果在乡下，现在正是时候，
远眺海边的晚霞，
牵着黑牛往家回。

蔚蓝色的天空中叽叽喳喳，
成千上万只乌鸦正在返巢。

地里的茄子迎来丰收了吧，
稻田里的花儿也绽放了吧？

这座寂静的，寂寞的城市啊，
这里只有房子、灰尘和天空。

初秋（二）

周日的银行干净而威严，
蛐蛐儿咕咕咕咕地叫着。

清晨万里无云的天空中，
蜻蜓轻轻掠过。

　　（秋天于今早
　　抵达港口。）

周日的银行干净而雄伟，
太阳照出它清晰的光影。

拴着白线的蝉缠在电线上，
挥动着它轻薄的翅膀。

羊胡子草

虽然它的名字叫羊胡子草，
但我从未叫过它的名。

它们真的很微不足道，
短短的，却遍地都是，
甚至长到了马路上来。
你即使用尽全力，
也难把它拔出来，
它们是顽强的草。

紫云英会开出红色的花朵，
堇菜花连叶子也非常柔软，
簪子草可以做簪子，
美男葛可以做笛子。

可是如果原野中，
全都长满这样的草，
我们累得走不动的时候，
要坐在哪里，躺在哪里呢？

绿色的，结实的，柔软的，
羊胡子草是我们舒服的床。

黑
穗

拨开金灿灿的麦浪，
砍掉染了黑穗病的麦子吧。

如果不去掉黑穗，
其他的麦穗也会被感染。

烧掉黑穗吧，
让它的青烟沿着小路到海边。

没能长成麦子的黑穗哟，
至少让你的青烟高高地升上天空吧。

田中雨

白萝卜田里下春雨，
雨滴落在绿叶上，
雨水轻轻笑出了声。

白萝卜田里下昼雨，
雨滴落在红沙地，
雨水悄悄钻进泥土里。

故事里的王国

在故事里，
国王
和他的随从们走散了。
天黑了，
国王在故事里的森林中
发现了一个小火炉，
小火炉带来了温暖，
可是下雪夜，
还是让人觉得冰冷。

没有随从的国王，
身上该有多冷啊，
心里该有多寂寞啊。

老枫树

十一月的太阳公公
对院子里的老枫树说，
到时间了哟。

院子里的老枫树
闷闷不乐地睡着午觉，
忘了给自己的枫叶上色。

新建的仓库屋顶太高，
十一月的太阳
稍微露了个脸，就被挡住了。

院子里的老枫树，
当它静静凋零时，
它的叶子依旧是绿的。

山茶花

不在，不在，
嘿！
是谁呀？

是房后被风吹着的
山茶花呀。

不在，不在，
嘿！
一直都在。
是谁呀？

是好像快要哭出来的
天空呀。

石头和种子

石头
被埋在街道的泥土下。

蔬菜的种子
被埋在田地里。

大雨
落在街道上，
落在田地里。
阳光
洒在街道上，
洒在田地里。

嫩芽从田地里冒出来，
农民伯伯乐开了怀。

石头从街道上冒出来，
乞讨的小孩摔倒了。

千屈菜

沿岸边生长的千屈菜，
是一种无人知晓的花。

河水不远万里，
汇入遥远的大海。

在宽广的，宽广的大海中，
一滴小小的，小小的水珠，

一直思念着
那无人知晓的千屈菜。

那是曾经从寂寞的千屈菜上
滑落下来的露珠。

夏天

"夏天"是夜猫子，
早上爱睡懒觉。

晚上我睡着了以后，
她还不睡觉，早上
我叫醒牵牛花的时候，
"夏天"还没起床。

清凉的，清凉的，
微风说道。

茅草花

茅草花，茅草花，
雪白、雪白的茅草花。

夕阳西下的河堤上，
我拔一根可以吗？
不行，不行，
茅草花摇摇头。

茅草花，茅草花，
雪白、雪白的茅草花。

乘着傍晚的风，
飞呀，飞起来，
变成傍晚天空中的
一朵白云吧。

桃花瓣

矮小的、绿色的
春草啊，
桃树把花给了它。

干枯的、寂寞的
竹篱笆啊，
桃树把花给了它。

潮湿的、黑黝黝的
田地啊，
桃树把花给了它。

太阳公公
高兴了，
呼唤桃树的花魂。

（就是那从草上，
从田里，
晃晃悠悠升起来的地气啊。）

车窗外

山林中，
那红色的是什么？

那是野漆树，是野漆树的红叶。
那红得发黑的颜色，看起来有点儿吓人。

田野上，
那红色的是什么？

那是熟了的柿子。
那红中泛着黄的颜色，看起来就很美味。

天空中，
那红色的是什么？

那是车灯投射的影子。
那是寂寞的红，了无生气的红。

落叶

厨房后门堆积着满地的落叶，
我想趁大家都没发现时，
悄悄地将它清扫干净。

我打算独自完成这个任务，
于是不由得独自高兴起来。

我刚扫了一下，
外面就来了一个乐队。

然后，然后，我便开心地跑了
出去，
跑到马路的拐角处。

后来，当我回到家时，
发现不知是谁，
已经把落叶
一片不落地清扫干净了。

牵牛花

蓝色的牵牛花朝着那边开，
白色的牵牛花朝着这边开。

　　一只小蜜蜂
　　在两朵花之间飞来飞去。

　　太阳公公
　　在两朵花之间照来照去。

蓝色的牵牛花朝着那边谢，
白色的牵牛花朝着这边谢。

　　就这样结束了，
　　是的，再见了。

虎杖 1

虎杖，虎杖，
我找到虎杖了。
在豆田的田间小路上。

遥远的故乡呀，那个时候，
那个味道，我早已经忘记。

　　这里是大都市的后花园，
　　翻过一座山，就是梯田，
　　那鸣叫的是汽船的笛声，
　　那长时间回响的是什么声音呢？

虎杖，虎杖，
我摘下来咬在嘴里，
望着天空另一端的时候，
只见一群不知名的候鸟正在迁徙，
缓缓地从我眼前飞过。

1 虎杖：一种蓼科植物。

日曜の午後

星期天的午后

——

第二章

小草的名字

大家都知道的小草的名字，
我却一个都不知道。

大家不知道的小草的名字，
我却知道很多。

那些名字都是我起的哟，
给我喜欢的小草起我喜欢的名字。

大家知道的小草的名字，
反正也是某个人给起的。

只有天上的太阳公公，
才知道小草们真正的名字。

因此，我要按自己喜欢的方式，
来称呼小草们。

两株小草

小小的种子，亲密无间，
总是约定说：
"去了外面广大的世界，
我们也要一直在一起哟。"

但是当其中一株已经冒出头时，
另一株却还在泥土里看不见踪影。
当后来的这一株终于破土而出时，
先前的那株早已长得很高。

秋风哗啦啦地吹，
把长得高的那株小草，
吹得东倒西歪，它回过头，
想找寻曾经的好朋友。
却已经不认识那株
小小的长在它脚边的小草了。

葬礼过家家

葬礼过家家，
葬礼过家家。

小坚，你来举旗子，
小真，你来扮和尚，
我则拿着漂亮的花，
你看，敲木鱼，咚咚，南无阿弥陀佛。

后来我被大人们责骂了，
狠狠地，狠狠地，责骂了。

葬礼过家家，
葬礼过家家，
就这样结束了。

我手中拿着的，
是青白相间的
十二竹 [1]。

玩着竹片的美衣，
被大人们叫去帮忙干活儿了。

从早上到现在，我一直惦记的
不过是，在不用复习功课的周日里
玩累了之后的点心而已。

晴朗的天空中，
可以看见澡堂的烟囱
宛如白天的月亮一样。

1 十二竹：一种竹子做的儿童玩具。

邮局里的山茶花

红色的山茶花开，
让我怀念起了邮局。

怀念它那黑色的大门，
我总扒在门边，凝望云朵。

我兜起小小的白色围裙，
捡了一堆红色的山茶花，
把邮递员叔叔给逗笑了，
记忆里的那一天真让人怀念。

后来，红色的山茶树被砍倒了，
黑色木门也被摧毁了。

散发着油漆味的新邮局
建了起来。

桃

一，二，三，
跳起来，抓住了。

摇摇晃晃的
桃树枝。

树枝虽然垂下来，
但我左右手都够不到桃子。

一，二，三，
松开手，跳下来。

瞬间又弹回去的
桃树枝。

那个桃子，那个桃子，好高啊，
那个桃子，那个桃子，好大啊。

箱庭 一

我做的箱庭，
谁都不看一眼。

天空那么蓝，
妈妈却一直在店里忙碌。

庙会已经结束了，
妈妈却依旧那么忙碌。

我一边听着蝉声，
一边把箱庭给毁了。

1 箱庭：一种日式盆景。在一个盆子或者盒子里放入泥土或沙石，加上植物或微型建筑，制作成迷你庭院。既是一种游戏，也是一种创造场景表达自己内心的活动。心理学领域有"箱庭疗法"。

石榴叶
与蚂蚁

石榴叶中有蚂蚁。
石榴叶很大一片，
青青的，很遮阳，
静静地盖在蚂蚁上面。

可是，蚂蚁想念漂亮的花儿，
于是计划了一场旅行。
通往花儿的路非常遥远，
叶子静静地看着这一切。

正爬到花儿的边缘时，
石榴花儿散落了，
掉进又潮又黑的庭院里。
叶子静静地看着这一切。

孩子们捡起了花儿，
不知道蚂蚁的存在，
手持花儿，一溜烟跑了。
叶子静静地看着这一切。

豉甲虫

水圈，画一个，消失一个，
画三个，消失三个。

如果能在水中画出七个圈，
魔法就会随着泡沫一起消失。

被池塘主人施了魔法，
困住了的，就是刚才画圈的豉甲虫。

昨天，今天，云朵的身影
都能停留在绿油油的池水里。

而豉甲虫的水圈，
却一个画好，一个又消失了。

灰

能让树开花的老爷爷[1]，
把你的灰送点儿给我吧，
把你箩筐里剩下的灰送给我吧。
我要用它们来做好事。

樱花、木兰、梨、李子，
我不为它们撒灰，
因为春天到来时，它们一定会开花的。

我要把灰全撒在森林里的树木上，
因为它们从未绽放过红色的花朵，
一定很寂寞吧。

如果树木开出美丽的花，
那它们该多高兴啊，
我也会非常开心吧。

1 能让树开花的老爷爷：《能让树开花的老爷爷》是日本著名童话故事，
老爷爷看着自己心爱的木白被烧成了灰，非常心痛，想把木灰装进筐里
背回家去。这时，木灰被风吹起，轻轻地飘落在干枯的树上。转眼间，
落上木灰的枯树开满了花朵。

白百合岛

只有我一个人知道，
在那遥远的地方有一座孤岛。
我总是坐在学校的白杨树下，
描绘着它的模样。

虽然擦掉后，岛屿就会消失，
虽然每次画的岛的模样都不尽相同，
但湖总是在正中央，
宫殿总是在河岸边。

美丽的公主，肤白胜雪，
居住在河岸边的宫殿里，
戴着金色的发冠，
拖着长长的浅绿色裙摆。

岛上开满了百合花，
百合花香弥漫在空中，
岛周围是悬崖峭壁，船只也无法停靠，
没人能摘到那些花。

我总是坐在绿油油的白杨树下，
描绘这幅画。

每次去白杨树下，
我都会不厌其烦地、不厌其烦地，
描绘"白百合岛"这幅画。

陀螺果

红色的，小小的，陀螺果啊，
甜甜的，涩涩的，陀螺果啊。

拿一颗放在手掌里，
转着玩，玩完后放进嘴里，
全部吃完后，再接着找。

虽然我独自一人，
但不知道山上还有多少红果子，
我要在灌木丛的阴影里不停找。

我是独自一人，但在草山上
转动着陀螺时，阳光灿烂。

杉树

"妈妈，我会变成什么呢？"
"你会长大的。"

小杉树想。
（如果我长大了，我要像山头路边的百合，
开出硕大的花朵，
我要像山脚竹丛里的黄莺，
学唱好听的歌谣……）

"妈妈，我长大了。
我会变成什么呢？"
杉树妈妈已经不在了。
大山回答说：
"你会变成妈妈那样的杉树的。"

椅子上

我站在岩石上，
周围都是海，
涨潮啦。

喂，喂，
海面上的帆船。
不管怎么叫，还是
好远，好远。

天快黑了，
天空高高的，
涨潮了……
　　　（别玩了，吃饭了哟。）
啊，妈妈来了。
我从椅子这块岩石上，
迅速地
跳进房间这片
海洋里。

山里的枇杷

山里的枇杷，
一个陌生人坐在枇杷树枝上，
向登山的我们扔来
一根根枝丫。
　　枝丫上是黄色的
　　成熟的枇杷——

山里的枇杷，
如今光是叶子，谁也不在，
乘着山顶的秋风，
我下山了。
　　拖着一道
　　长长的影子——

樱花树

如果妈妈不骂我，
我想悄悄地爬上
那开满樱花的枝头。

如果爬到最顶上的枝头，
街道看上去
会像云雾缭绕的仙境吧。

我坐在第三高的枝头上，
花儿环绕在我的身旁，
我甚至感觉
自己就像花公主，
挥洒了神奇的花粉，
让花儿们争相开放。

如果不被任何人发现，
我真想爬上去看一看。

告别

妈妈，妈妈，等等我。
我还有好多事情要做。

马棚里的马儿、鸡窝里的小鸡，
还有那刚孵出来的小鸡娃娃，
我先去跟它们告别一声再回来。

如果见到了昨天的樵夫，
我也还想去山里走一趟。

妈妈，妈妈，等等我。
我还有一件事情忘记了做。

回到城市后就见不到的
那路边的鹭草、红蓼花，
各种各样花儿的脸庞，
我都想好好记下来。

妈妈，妈妈，等等我。

旁边的杏树

这里能看见树上所有的花儿，
还有雨，还有月夜。

凋谢时花儿纷纷跨过栅栏，
漂浮在浴缸中。

大家都遗忘了
藏在树叶下的小小果实。

我等待着它有一天
成熟后变成红色的果实。

于是我便收到了
两颗杏。

红
土
山

红土山上的红土，
被卖到了城里。

红土山上的红松，
从脚下开始崩塌，
倾斜着，哭泣着，
目送着马车离去。

马车奔走在耀眼的蓝天下，
走在寂静的白色乡间小路上。

马车装着要卖到城里的红土，
渐行渐远。

紫云英

我一边听着云雀歌唱，一边摘着紫云英，
摘着摘着，手上都拿不下了。

拿回家的话，它们会枯萎，
枯萎的话，会被谁丢掉吧。
就像昨天那样，丢进垃圾箱里。

我在回家的路上，
找了一个没有花儿的地方，
轻轻地把花儿撒了一地。
——就像春天的散花使者那样。

苹果田

在北斗七星的下方，
有一个神秘的雪国，
雪国里有一个苹果园。

没有篱笆，也没人看管，
园里一棵老树的枝丫上，
挂着一只大钟。

孩子们每摘下一个苹果，
就撞响一次大钟。

每当一声钟响，
一朵花就会绽放。

北斗七星的下方，
乘着马橇旅行的人们，
远远地就听见了钟响。

远远地听见钟响时，
冰冷的心就融化了，
大家的眼泪都流了出来。

我

无论走到哪儿，都有我的存在，
除了我以外，还有别的我存在。

经过的店铺玻璃上有我，
回到家里后，时钟里有我。

厨房的水盆里有我，
下雨天大街的水坑里有我。

可是为什么，无论我怎么瞧，
都瞧不见天空里有我呢?

脑海中

我脑海中浮现的人潮，
透过玻璃看到的人潮。

穿着白色浴衣的大婶，
走路时踩到了红草莓。

撑着黑洋伞的药铺老板，
穿过了堆放葡萄的库房。

不小心踩到的红草莓，
堆积如山的紫葡萄。

我的脑海中有一个美好国度，
谁也进不去的国度。

我的脑海中人来人往，
午间街道上也人来人往，
能尽情想象，一个人待在房里，
也变成了一件快乐的事情。

黄金小鸟

树叶变成了黄金，
我也会变成黄金吧。

遥远国度的国王，
会派人来迎接我，
拿着镶嵌宝石的笼子，
一定，一定会来接我。

黄金树叶凋落了，
凋落了依旧是黄金的颜色。

明天，我一定会变吧，
黑色的我会变成黄金吧。

黄金树叶枯萎了，
刚变成黄金，就枯萎了，
黑黑的，好像泛着光。

打陀螺

有段时间流行拍纸卡，
有段时间流行玩弹球，
全部被学校给禁止了。

这段时间流行的打陀螺，
又被学校给禁止了。

大家都偷偷地躲着玩，
有时候，我也想要玩。

可是，我不由得想起，
连走路都被禁止了的
石头、小草，还有大树们。

猜
谜

猜一猜，这是什么。
什么东西有很多，却捞不着？
　　是蓝色大海里蓝色的海水，
　　捞出一看，却一点儿也不蓝。

猜一猜，这是什么。
什么东西看不见，却抓得着？
　　是夏日里白昼的微风，
　　那可是能用团扇捞起来的哟。

数
字

两个加上三个等于五个，
五个加上七个等于十二个。

刚上一年级的时候，
我就去河边捡小石子，
来练习算术题。

如今要用几百、几千、几万，
来进行加减乘除运算，
如果还用小石子来算，
那我身上背的小石子，
得比圣诞老人背的礼物还多了。

轻轻松松地用一支铅笔，
就能写出数字，真叫人欢喜。

冻疮

小阳春[1]里的一天，
我的冻疮还有点儿痒，
后门的山茶花已经开了。

我摘了一朵花插在头上，
然后看看我的冻疮，
忽然把自己想成了
童话故事里被抱养的孩子。

于是，
就连那浅黄色的晴空，
都让人感觉悲伤起来。

1 小阳春：农历十月。

捉迷藏

捉迷藏，藏好了。
太郎、次郎，都藏好了。
屋里窗下孤零零的，
只剩抓人的鬼。
　　（向日葵不停转，
　　转了大约五分钟。）
藏好的人在做什么呢？

一个人在屋后的柿子树上，
摘着青涩的柿子。
一个人在黄昏的厨房里，
盯着热气腾腾的大锅。

那抓人的鬼在做什么呢？

他听到喇叭声，跑了出去，
追着马车不知去了哪里。

后院里只有一棵梧桐树，
那静静的，长长的身影。

美しい町

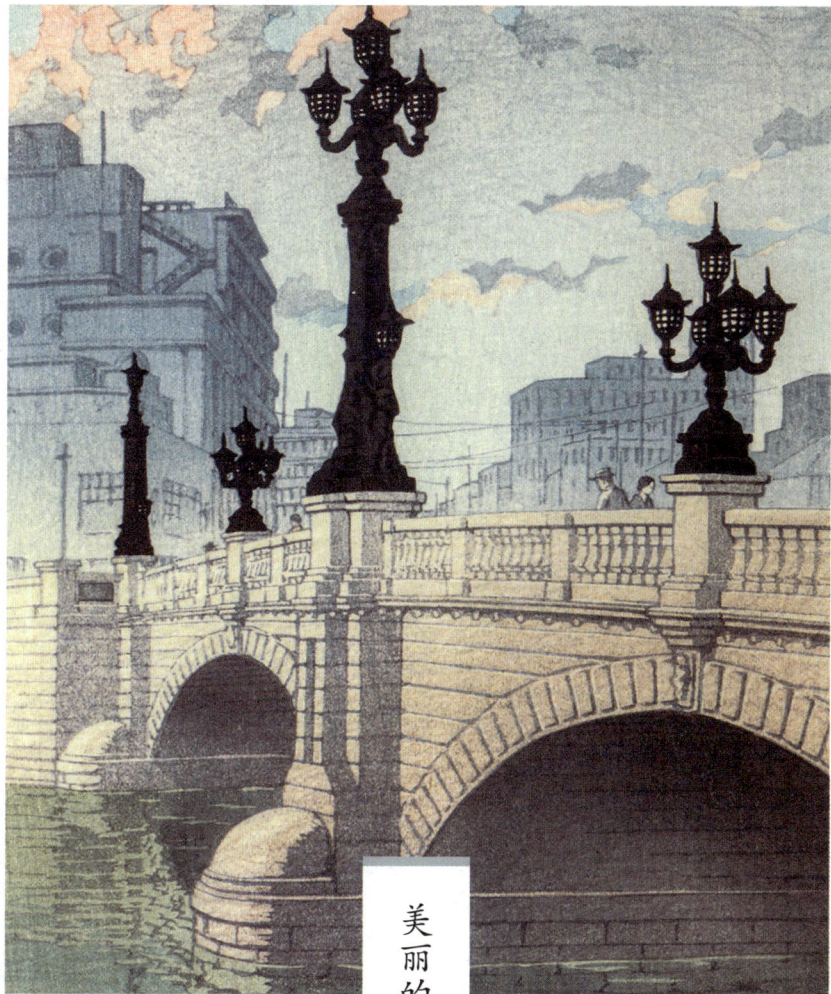

美丽的城市

—— 第三章

四月

崭新的书本，
放在崭新的书包里。

崭新的树叶，
长在崭新的枝头上。

崭新的太阳，
挂在崭新的天空中。

崭新的四月，
真叫人欢喜。

鲸鱼法事

鲸鱼的法事在春末举行，
正值在海里抓飞鱼的好时节。

海边寺庙里的钟声，
晃晃悠悠，拂过海面。

村里的渔夫穿上节日的和服，
急匆匆赶往海边寺庙时，

海里鲸鱼的孩子，
孤零零地听着钟鸣。

它在思念死去的父母，
偷偷哭泣。

回荡在海面上的钟声，
能传到大海的何方呢？

美丽的城市

我忽然想起了，那座城市，
想起河岸边那红色的屋檐。

在那片蔚蓝色的河水上，
白色的风帆静静地移动着。

还有那河岸边的草地上，
坐着手持画笔的年轻叔叔，
正恍恍惚惚地对着河水发呆。

那时候，我在做什么呢？
我正以为自己已经忘记了，
忽然想起，原来这是不知从谁那儿
借来的一本书中的插图而已。

濑户的雨

毛毛细雨，一会儿下，一会儿停。
摆渡船儿，一会儿来，一会儿走。

濑户海上偶遇的船家相互吆喝，
"今天的天气真糟糕啊。"
"你去哪里呀？"
"我要去对面的外海。"
"哦，我去那边，再见咯。"
船儿间卷起层层的漩涡。

摆渡船儿，一会儿来，一会儿走。
雨一会儿下，一会儿停，渐渐地日落了。

海滨的
神轿

人潮，人潮，汹涌的人潮，
快把载着神轿的小船淹没。
嗨哟，嗨哟。

眨眼间，人潮，人潮，汹涌的人潮，
一下子就退到邻村去了。
嗨哟，嗨哟。

紧接着，是海边的浪潮，
跟往常一样，涌到岸边又退了回去。
哗啦，哗啦，哗啦啦。

商队

这是一望无垠的沙漠。
有黑色的身影,
在沙漠里不断前行,
那是商队,是商队。
——骆驼群也是黑色的,
　　因此看上去像骆驼长了六条腿。

在无比炎热的沙漠里,
正午的太阳静静照耀。

往南百里有大海,
往北百里有椰树。
——那椰树上盛开的花朵,
　　跟日本石竹一样的颜色。

高山、峡谷,都是沙做的。
到处是无边无际的沙漠。
那悄然前行的黑色队伍,
是商队,是商队。
——其实这是正午时分在炎热的沙滩上
　　前行的一支黑蚂蚁队伍。

去年今日

——大地震纪念日

去年今日，这个时候，
我正在堆积木。
轰隆一声，积木城堡
顷刻之间，散了一地。

去年今日，傍晚时分，
我站在草坪上。
看到黑烟滚滚，好生害怕，
但母亲的目光一直守护着我。

去年今日，黄昏过后，
千家万户，火光冲天。
刚收到的洋装，还有积木城堡，
都被火苗吞噬。

去年今日，深夜时分，
大火染红了云彩，
白月亮从云彩中探出头时，
母亲把我抱在怀中。

现在，穿的全都是新衣，
新的家园也早就建起来了，
可是，我好寂寞，好想念
去年今日，那时候的母亲。

撒传单的汽车

撒传单的汽车开来了，
上面载着的乐队很是热闹。

我拾起一张，是红色的传单，
再拾一张，是黄色的传单。

撒传单的汽车开来了，
撒传单的汽车，一辆跟着一辆。

撒下的传单，飘过小镇，
落在原野中的紫云英上，
掉在田地里的油菜花上。

这是载着春天的车呀，我也跟着去。

山岭

傍晚的风
呼呼地
吹拂着玉米地，

皎洁的
月亮
爬上了山岭。

山岭上，
一匹困倦的马
正无精打采地赶路，

越往山上走，
发现山上全都是
玉米地。

隔扇上的画

这里是沉睡的森林，
因为受到坏心肠的仙女的诅咒，
一切处于沉睡之中。

戴着红帽子的啄木鸟，
停在柏树上，睁着眼，
啄着树，睡着了。

在盛开的樱花树旁，
有两只张开翅膀
正要飞的绣眼鸟也睡着了。

花儿也睡着了，不再凋谢，
风儿也睡着了，不再摇曳。

这里是沉睡的森林，
是永远沉睡的森林。

蔷薇之城

绿油油的小径，露水满地，
小径的尽头是蔷薇之城。

风一吹便摇晃起来的蔷薇之城，
一摇晃便散发芬芳的蔷薇之城。

蔷薇城里的精灵从窗里探出来，
一边扇动着它小小的金翅膀，
一边与邻居说着话。

咚咚咚，敲门声传来，
窗户和精灵都瞬间消失，
只剩风中摇曳的蔷薇花。

在蔷薇色的黎明时分，
我拜访了那蔷薇之城。

那一天，
我是一只小蚂蚁。

树

小鸟
站在树梢上，
小朋友
在树荫下荡秋千，
小小的叶子
发芽了。

那棵树，
那棵树，
肯定很开心吧。

石榴

树下的孩子说：
"石榴，
等你成熟了，
要让我吃呀。"

树上的乌鸦说：
"笨蛋，
肯定是
我先吃啊。"

红红的石榴
一声不吭地
向下，向下，
垂下了枝条。

山樱花

樱花，樱花，山樱花，
我摘下一朵头上插，
　　变成了山神的公主。

樱花，樱花，山樱花，
山神公主
　　站在樱花树下。

樱花，樱花，山樱花，
山神的公主说，
　　樱花，给我跳支舞吧。

樱花，樱花，山樱花，
花瓣纷纷扬扬，
　　给山神公主跳起舞来。

樱花，樱花，山樱花，
全都从头发上掉了下来，
　　掉在我跑回家时的山路上。

夏越祭 [1]

气球飘浮在天空中，
瓦斯灯在里面燃烧着。

走马灯店里
人来人往，
卖刨冰的吆喝声沁人心脾。

银河里闪耀着
点点白光，
夏越祭的夜深了。

转过十字路口，
看到空中飘浮的气球，
在星空中变得模糊了。

1 夏越祭：日本农历六月三十日举行的为去除上半年晦气和坏运，并祈
求下半年健康和好运的仪式。

雨后的五谷庙会

被瓢泼大雨冲洗后，
五谷庙会的深夜里，
出现了闪亮的星星。

没人经过的泥泞地，
仿佛还残留着灯笼的光亮。

驶向远方的汽车，
不时发出声响，
如同驶向天空一样。

一颗、两颗、三颗，
天空中的星星越来越多。

谁家屋檐下的灯笼，
又灭掉了一盏。

彼岸花

我们村的庙会
在夏天举行，
白天也要点烟花。

邻村的庙会
在秋天举行，
阳伞布满了后巷，
住在地上的人们，
点燃了线香烟花。

那就是
火红的
火红的
彼岸花。

店里的小事

冰雹哗啦啦地落，
从门帘里蹿进了屋。
客人夹带着落在身上的冰雹，
走进店来。
　　（你好。）
　　（你好，欢迎光临。）

音乐时钟在客人手腕上，
嘀嘀嗒嗒地响。
和着店外冰雹的声音，
仿佛在演唱一首歌谣。
　　（再见。）
　　（好的，谢谢光临。）

音乐时钟嘀嘀嗒嗒地响，
直到客人消失才听不见，
我忽然意识到，
冰雹早已经停止。

街
道

穿过吧，穿过吧，
穿过春天的街道。
穿过吧，穿过吧，
纵向穿过它吧。

运货马车、货车、
汽车、自行车。

穿过吧，穿过吧，
穿过白色的街道。
穿过吧，穿过吧，
横向穿过它吧。

我看到了乞讨的小孩，
还有那烟雾的影子。

运货的马车

马儿
想要踩自己影子上的
那对奇怪的耳朵，
它一直低着头，急匆匆地赶路。

赶马车的人
在空荡荡的马车上，
叼着一根大烟筒，
卧着悠闲地望着天空。

天空中，
云朵闪闪发光，
就像昨晚的火灾没发生过一样，
这座城市里春天依旧会到来。

小松原

小松原上，
松树越来越少。

总是伐木的老爷爷，
正在砍伐一棵大树。

老爷爷一会儿推，一会儿拉，
此时，远处的白帆时隐时现。

大海上，海鸥在飞翔，
天空中，云雀在歌唱。

虽然大海和天空处处生机盎然，
松树和伐木爷爷看上去却形单影只。

家家户户都建起了
新的房屋，
小松原上，
松树越来越少。

极乐寺

极乐寺的樱花是八重樱[1]，
八重樱，
我去帮妈妈跑腿时，曾经见过它。

在小巷的十字路口，
转弯时，
在余光里就看见了它。

极乐寺的樱花是土樱花，
土樱花，
只在土上绽放。

带着我的海藻便当，
美味的便当，
去极乐寺里赏花时见过它。

1 八重樱：樱花的一种，别名"丹樱""奈良八重樱带草"，属蔷薇科植物。

大泊港

逛完山里的庙会，踏上归途，
跟为我送行的阿姨告别后，
沿着山路往下走，
这时，看见杉木的树梢处一闪一闪，
原来是美丽的大海在发光。

海上的桅杆、停泊的船只，
岸边星星点点的茅草屋顶，
一切仿佛都飘在空中，
一切仿佛都身在梦里。

走下山后，看到一片麦田，
走到麦田尽头处，我发现，
果然，那就是大泊港，
古老而寂寞的海港。

祇园社

哗啦哗啦，
松叶萧萧下，
神社里的秋天
真寂寞啊。

祈愿的歌谣哟，
瓦斯灯哟，
系着红丝带的
肉桂哟。

如今，
废旧的冰屋里，
只剩秋风
沙沙地吹。

道口

道口的小屋伫立在广阔的天空下。

爷爷坐在小屋门口，
看着今天的报纸。

地上映着长长的，长长的人影，
袖口处的紫菀花开了，
虫子在胸前鸣叫。

道口的栅栏在白色的天空下。

蟋蟀藏在小草的叶影里，
一边欣赏白天的月亮，一边歌唱。

昨日的花车

庙会结束后的第二天，午休时分，
家家户户的人们都在睡午觉。

我独自站在门边的角落里，
看见昨日的花车从面前经过。

车上的鲜花和人偶都已损坏，
只剩车子咕噜咕噜地响，
沿着干冷的路面往前驶。

我默默地目送这一切，
昨日的花车、拉车的人，
都一起消失在尘埃里。

莲花

寺庙池塘里的
莲花呀，
扑哧一声
绽放了。

寺庙庭院里的
手牵手的娃娃呀，
扑哧一声
笑开了花。

寺庙外面的
家家户户的人们呀，
扑哧一声
热闹起来啦。

老祖母
和净琉璃
一

年迈的老祖母，
总是一边做针线活儿，
一边给我讲故事。
仙鹤、千松、中将姬……
都是一些悲伤的故事。

老祖母讲故事的时候，
不时会唱一段净琉璃。
一想起来我就感觉心痛，
忘不了那哀伤的调子。

是因为唱到了中将姬吗？
那种感觉总让我联想到，
大雪纷飞的夜晚。

那些已经变成遥远的过去，
歌词我也早已忘记。

1 净琉璃：一种日本的传统剧种。

只记得那哀伤的曲调，
啊，现在想起来，
连哗啦啦的落雪声，
都像冰冷的水，
静静地悲伤地浸入心底。

空の色

天空的颜色

——

第四章

积雪

上层的雪
一定很冷吧。
冰冷的月光照在它上面。

下层的雪
一定觉得很重吧。
上百的人踩在它上面。

中间的雪
一定很寂寞吧。
因为既看不见天，也看不见地。

天空的颜色

大海呀，大海，你为什么蓝？
因为映着天空的蓝。

天空阴沉沉的时候，
大海也跟着阴沉沉。

晚霞呀，晚霞，你为什么红？
因为映着夕阳的红。

可白天的太阳并不蓝，
天空为什么蓝？

天空呀，天空，你为什么蓝？

大海与大山

什么东西
从海上来？

夏天、风、鱼儿，
装香蕉的筐子，
都从海上来。

还有，登上新船，
从海上传过来的
住吉庙会[1]。

什么东西
从山里来？

冬天、雪花、小鸟，
运木炭的马儿，
都从山里来。

还有，骑着随风摇晃的树叶，
从山里来的
正月。

1 住吉庙会：每年夏季在大阪住吉神社举办的庙会。

天空的那一边

天空的那一边有什么？

雷神不知道，
积雨云也不知道，
就连太阳公公都不知道。

其实，天空的那一边，
大海可以和大山说话，

人可以变身为鸟，
那里有一个不可思议的
魔法世界。

天空色的花朵

天空色的花朵，
那跟蔚蓝天空一样颜色的
小花朵呀，你仔细听着。

很久以前，这里有一个黑眼睛的，
可爱的小女孩，
就像我刚才那样，
总喜欢仰望天空。

因为一天到晚望着蓝天，
她的眼睛不知不觉就变成了
跟天空一样颜色的小花朵，
她现在还仰望着天空呢。

花儿呀，如果我的故事
没有错的话，
你可比博学多才的博士，
还要了解真正的天空吧。

我总是望着天空，
想很多很多的事情，
可是一个都不知道是不是真的，

大家也看看天空吧，想想天空吧。

了不起的花儿安安静静地，
目不转睛地盯着天空。
那双被天空染成了蓝色的眼睛呀，
现在依旧津津有味地盯着天空瞧。

月亮和云朵

在天空这片原野的
正中央，
月亮和云朵
忽然相遇了。

云朵急急忙忙的，
来不及躲闪，
月亮也慌慌张张的，
想停也停不下来。

哎呀，对不起啦，
月亮轻声地道歉，
匆忙地蹿到了云朵上面。

脑袋被月亮踩了的
云朵们也并不生气，
一脸淡然地
呵呵笑着。

内海外海

内海浪花沙沙，
外海波涛汹涌，

内海沙滩细细，
外海巨石嶙峋，

内海是深绿色，
外海是天蓝色，

内海喜爱作弄，
外海容易恼怒，

内海如女孩，
外海如男孩。

濑户起争斗，
卷起漩涡来。

大海与海鸥

我曾以为，
大海是蓝的，海鸥是白的。

可是，眼下我看到的，这片海洋，
还有那海鸥的翅膀，
全是深灰色的。

一直深以为然的东西，
原来是骗人的。

我听说，
我听说天空是蓝的，
我听说雪花是白的。

大家看到的，知道的，
其实，说不定是骗人的。

日
月
贝

西边的天空
深红色，
因为红色的太阳
沉入了海中。

东边的天空
珍珠色，
因为有黄黄的
圆月亮。

落进黄昏的
太阳，
沉入黎明的
月亮，
他们在大海的深处
相遇了。

于是，某一天，
渔夫在海边捡到了
红黄色的
日月贝。

云（一）

我想变成
一朵云。

轻飘飘地，
从蓝天的这头溜到那头，
每个角落都看个够。
晚上，我要和月亮姐姐
玩捉迷藏。

要是这也玩腻了，
我就变成雨，
和雷娃娃一起，
跳进家中的池塘里。

云（二）

是它看到了
山里的谁吧，
云朵飘进了山里。

可是，山里面
一个人也没有，
云朵就从山里
钻了出来。

云朵寂寞地
独自在
傍晚的天空中
徘徊。

入港出港

三艘船入港，
船上装着什么呢？

三颗星星，是三颗星星，
挂在三角形帆布上。

三艘船出港，
船上装着什么？

是红红的灯，一盏一盏，
躲藏在黑色帆布后。

大海的尽头

明天去看云朵翻涌的地方吧，
明天去找彩虹出现的地方吧。

我想乘船前往，
那大海的尽头。

即便路途遥远，天色昏暗，
一片漆黑，什么都看不见，

我依旧想去，
那如同摘红枣一般，
伸手就可以摘到星星的地方，
那大海的尽头。

大海中的人偶

大大的珍珠球，
各式各样的贝壳、珊瑚树，
美人鱼公主已经厌倦了。

听说，陆上的孩子，
拥有黑眼睛的人偶，人鱼公主哭嚷着要。

人鱼妈妈可怜女儿，
于是弄翻了抱人偶的小孩坐的船只，
夺走了小孩怀中的人偶。

每次，人鱼公主看到人偶，
就会遥想到远方的国度，
最终，她告别了大海。

大海中的人偶酣睡在
柔软舒适的海藻摇篮里，
现在，还在做着美梦。

陆地上的美人鱼，
因为非常思念故乡，
她没有变成礁石，
而是变成了岸边的一只鸻鸟。

风

风追着空中的山羊，
我们的肉眼看不见。

山羊被追赶着，
傍晚时分，
在旷野尽头，
聚到了一起。

风追着空中的山羊，
我们的肉眼看不见。

在夕阳染红天空时，
山羊在远方
吹着笛子。

云的孩子

在有风的孩子的地方，
海浪的孩子也在玩耍。

海浪的大人们在的地方，
风的大人们也在那里。

可是，在天空中游荡的
云的孩子却好可怜。

他们被风的大人们拉着，
气喘吁吁地跟着走。

雨
天

将彩纸全部撒在
原野上吧。
让荒野变成
春天吧。

咔嚓咔嚓，
剪下彩纸。
祈祷明天
风和日丽。

黄昏时分，
有人扔掉了彩纸。
他忘记了
上面画着的银杏树。

海之花园
—— 泽江[1]之海

峡湾底的花园，
站在船上就能看到。

白蝴蝶在阳光里，翩翩起舞，
绿色的转心莲，随着风摇曳。

长相与牡丹相似的，
紫色水母花，数不胜数，

你在陆上没法找到，
如此美丽的花园。

不过，其实这只是，
普普通通的海边的滨茶花。

在那远海的海底，
海里的山丘、峡谷、堤岸，

1 泽江：北海道著名观光地。

还有龙王的宫殿庭院里，
盛开的花朵。

只认识陆上花朵的孩子们，
恐怕连想象都想象不到吧。

天空和大海

春天的天空亮闪闪，
丝绸一样亮闪闪，
为什么为什么亮闪闪？

因为天空里的星星，
发出光芒亮闪闪。

春天的大海亮闪闪，
贝壳一样亮闪闪，
为什么为什么亮闪闪？

因为贝壳里的珍珠，
放出光彩亮闪闪。

第一场
冰雹

下冰雹了，
下冰雹了，
我用手接住冰雹，
不禁想起那年春夜里的
女儿节。

又想起邻居家的小鸡[1]，
今晚，
还待在黑暗仓库角落里
一个个笼子里，听着
那砰砰砰砰
时断时续的
冰雹不断砸落的声音吧。

冰雹啊
冰雹，
今年的第一场冰雹。

1 小鸡：日语中"小鸡"与"女儿节"同音。

贝壳和月亮

在染坊的大缸里
泡一泡，
白色的线就变成了深蓝色。

在蔚蓝的大海里
泡一泡，
白色的贝壳为什么还是白色的?

白色的云朵
在夕阳的天空里，
被染成了红色。

可是为什么
飘在深蓝色夜空里的月亮
却还是白色的呢?

鹤

宫殿的池子里
养了一只丹顶鹤。

丹顶鹤呀，从你的眼睛里看出去，
世界上所有的东西，
都带着网眼吧。

　　就连那晴朗无比的天空，
　　还有我的小小脸蛋也不例外。

宫殿池子里的
丹顶鹤，
在网笼中静悄悄地
挥动翅膀时，
对面的大山处，
一列火车呼啸而过。

纸星星

我想起来了，
医院里，
那有些污垢的白墙。

漫长的夏日里，我整天，
望着那些白墙。

上面有小小的蜘蛛网、雨滴的痕迹，
另外，还有七颗纸星星。

星星上写着七个字，
"祝你圣诞节快乐"。
去年的这个时候，在这张床上，
是哪个小孩躺在这里呢？
下雪的夜里一定感觉寂寞吧，
于是才剪出了这些纸星星。

我无法忘记，
医院里，
墙壁上那黑乎乎的七颗纸星星。

小雪（一）

下雪了，
下雪了。

雪花落下后又消失，
到处黏黏糊糊，
为了把街道变得泥泞不堪，
雪花一片片飘落下来。

雪哥哥、雪姐姐，
雪弟弟、雪妹妹，
一个接一个，
飘落下来。

雪花洋洋洒洒，
欢快地漫天飘舞，
街道到处泥泞不堪，
下雪了。

小雪（二）

哗啦哗啦，
小雪花
洁白无瑕，

哗啦啦落在
松树上，
染成绿色吧。

秋

每一盏灯，
都发出各自的光亮，
每一盏灯下，
都形成一片光影，
城市变成了
漂亮的格子布。

那明亮的格子里，
有三五个
穿着浴衣的人。
那昏暗的格子里，
秋天悄悄地，
藏在里面。

黄昏

"夕阳小烧[1]"，
我们停止了歌唱，
忽然沉默起来。

谁也没说回家，
却不由得想起了家中的灯，
想起了家中那淡淡的饭香。
"青蛙叫了，咱们回家吧。"
不知是谁这么说了一句，
大家便纷纷往家去了。

不过，我也想
用更大的声音继续歌唱。

草山上，小山丘上，
黄昏时分，不知为何，
刮起了寂寞的风。

秋天，一夜之间

1 夕阳小烧：原文"夕烧小烧"是 1919 年由中村雨红作词，1923 年由
草川信作曲的童谣。

寒雨

天上稀稀疏疏下着雨，
黄昏时分，
街灯还没点亮，
就已被雨淋湿。

昨天放的那只风筝，
还是如昨天一样，
高高挂在树梢上，
已经被雨淋坏了。

重重的雨伞，
压在我肩头，
我拎着药，
往家赶。

天上稀稀疏疏下着雨，
黄昏时分，
柑橘的皮，
也被踩在地上，淋湿了。

さびしいとき

寂寞的时候

——

第五章

橙花

每次，
我伤心哭泣的时候，
都能闻到橙子花香。

记得有一次，
我闹别扭时，
谁也不来找我，

我从墙壁的小孔里，
观看一群蚂蚁，
一直看到腻。

墙壁对面，
房间里面，
传来了人们的笑声，

每次想起这事，我都会哭泣，
每次这个时候，
我都会闻到橙子花香。

大
山
和
天
空

如果大山是一面玻璃，
希望让我也能看到东京。
——就像乘火车
　　离开的
　　哥哥那样。

如果天空是一面玻璃，
希望让我也能看见神灵。
——就像变成了
　　天使的
　　妹妹那样。

寂寞的公主

被强壮的王子拯救后，
公主殿下回到了城堡里。

城堡虽然是曾经的城堡，
蔷薇花也照样绽放。

可公主却觉得有些寂寞，
今天她又望着天空发呆。

　　（虽然魔法可怕，但是她却
　　怀念那能伸展的耀眼白翅膀，
　　怀念在无边无际的蓝天中自由飞翔，
　　怀念那变成小鸟飞往远方的时光。）

大街上，花瓣飞舞，
城堡里又举行着舞会。
可是公主殿下还是觉得寂寞，
一个人坐在夕阳西下的花园里，
也不观赏火红的蔷薇花，
只是呆呆地眺望着天空。

寂寞的时候

我寂寞的时候，
别人不知道。

我寂寞的时候，
朋友都在笑。

我寂寞的时候，
妈妈对我好。

我寂寞的时候，
菩萨也寂寞。

葫芦花（一）

天空中的星星
问葫芦花，
你寂寞吗？

乳白色的
葫芦花回答，
我不寂寞呀。

天空中的星星
从那以后，
就不再问它了，
只顾着自己发光。

感到寂寞的
葫芦花，
渐渐地
垂下了头。

葫芦花（二）

没有蝉鸣的
傍晚，
一朵，一朵，
仅有一朵，

用力地，用力地，
舒展开枝蔓的纽带，

长出了仅有的一朵
绿色花苞。

啊，神灵现在
就在这花苞里。

那些坟墓

墓地的周围，
建起了围墙。

从今以后，
那些坟墓
便再也看不见大海了。

也看不见子孙们乘坐船只
出海和归港的情景了。

海边的公路上，
建起了围墙。

从今以后，
我们
再也看不见那些坟墓了。

那座我经过时总是瞧上一眼的
最小最圆的坟墓，
再也看不见了。

是回声吗？

我说"一起玩吧"，
它说"一起玩吧"。

我说"笨蛋"，
它说"笨蛋"。

我说"不跟你玩了"，
它说"不跟你玩了"。

就这样，
一切变得很安静，
过了一会儿，
我感到寂寞，

我说"对不起"，
它也说"对不起"。

是回声吗？
不，我们都这样。

雪

在无人知晓的田野尽头，
一只蓝色的小鸟去世了。
　　在一个很冷的，很冷的黄昏。

为了掩埋它的遗骸，
天空下起了雪。
　　深深地，悄悄地盖住了它。

人们虽然不知道，但是村里的
房子却都陪着它一起，
　　披上了雪白的，雪白的衣裳。

不久，天亮了，清晨来临，
天空完全放晴。
　　蔚蓝的，蔚蓝的天空，分外美丽。

为了让这纯洁的小生灵，
能通往天国，
　　开辟一条宽阔的，宽阔的道路吧。

花店的爷爷
去卖花儿，
花儿在镇上卖得红火。

花店的爷爷
好寂寞，
他种出来的花儿全卖掉了。

花店的爷爷
黄昏时，
形单影只回到家。

花店的爷爷
做了梦，
梦见卖掉的花儿，全都成了幸福的花儿。

我和公主

遥远国度的公主，
是个与我相貌相似的女孩，
她想摘下鲜红的蔷薇，
却被蔷薇刺伤，死去了。

为了安慰悲伤的国王，
忠心耿耿的家臣，
骑上白马，不停奔波，
某天来到了我的城里。

他一点儿也不了解我，
只是一味地寻找
与可爱的公主相像的女孩。

山峦对面，蓝天之下，
马儿今天依旧奔波在路上。

出海

我的祖父，
我的父亲，
我的兄长，
大家都出海去了。

大海的另一端
可是一个好地方哟。
因为大家去了以后，
就都没再回来。

我也好想
快快长大，
然后
出海去。

御殿的
樱花

御殿的庭院里有株八重樱，
这株八重樱却不开花了。
御殿里年轻的殿下，
在城里张榜寻找开花的秘方。

在长满绿叶的樱花树下，
剑客说：
"不开花的话，我就砍了你。"

城里的舞女说：
"看了我的舞蹈，
你就立刻笑开花吧。"

魔术师说：
"牡丹、芍药、罂粟花，
通通开在这棵树的枝头上吧。"

这时樱花说话了：
"当大家都没察觉的时候，
我的春天已经过去了。
但我的春天还会到来。
那时候，我就会开花。
开出属于我自己的花。"

七夕

风儿吹啊吹，吹过竹林，
我听到林中竹子们的窃窃私语。

个子长啊长，还是够不着，
夜里的星空、天上的河流，
要过多久，我才够得到呢？

风儿吹啊吹，吹拂着外海，
我听到了波浪的叹息。

七夕已经结束了吗？
该与银河告别了吗？

刚才经过的地方，
挂了一条漂亮的五色诗笺，
看上去一副寂寞的模样。

僧人

那是泛着浪花的
河岸边的小路上。

牵着我手的，
是一个我不认识的旅行僧。

不知为何我最近一直在想：
"他是我的父亲吗？"

但那已经是遥远的过去，
已经是再也回不去的从前。

熙熙攘攘的螃蟹爬行在，
入江岸边的小路上。

看着我脸庞的，
是那蒲公英色的月亮。

空宅里的石头

空宅里的石头
不见了。
用它打年糕
多好呀。

石头
乘上了马车。
空宅里的小草
看上去好寂寞啊。

失去的东西

夏天我在海边丢失的，
那艘玩具船，那艘船，
已经回到玩具岛上。
　　伴着月光，
　　回到镶满南京玉的岸边。

从前曾经拉过钩的伙伴小丰，
从那以后再也没见过面，
他已回到了天空的深处。
　　在撒满莲花的天空中，
　　被小天使们环绕着。

还有，我昨晚丢失的扑克牌，
牌上那长胡子的可怕的国王，
已经回到了扑克的王国。
　　在洋洋洒洒的雪花中，
　　被王国里的士兵们保卫着。

所有我们失去的东西全部
会回到他们原来的家。

北风之歌

半空中，寒风声
忽然停止的时候，
我想到——

半空中，风儿在说，
听吧，听吧，来听歌吧，
来听听我的歌，
住在冰原上的
小鸟唱的歌，
行驶在广袤云野上的
雪橇的铃声，
我全都给大家
带来了哟——
没人回答，也没人在听。
半空中，风儿忽然，
变得好寂寞——

紫云英叶
之歌

花儿被摘下后
会去往什么地方呢？

虽然这里有蔚蓝的天空，
有会唱歌的云雀，

但我却想知道，
那快乐的旅人，
会去往什么地方呢？

那些摘花儿的可爱小手中，
有没有一只手来摘我呢？

落叶纸牌

散落在山路上的纸牌，
是什么样的纸牌？
是金红色的落叶纸牌，
上面还有虫儿咬过的笔记。

散落在山路上的纸牌，
谁来读呢？
黑色的小鸟摇着黑尾巴，
叽叽喳喳叫个不停。

散落在山路上的纸牌，
谁来捡呢？
山中的晚风，
飕飕地呼的一声就卷走了。

狗尾草
和太阳

——再割点儿，
——再割点儿。
狗尾草在打哈欠。

娇羞的白牵牛花，
暴晒后仿佛快要枯萎掉，
把它放到那儿去遮阳吧。

——再割点儿，
——再割点儿。
太阳还在慢吞吞地移动。

装草的背篓依旧显空，
只割了一点点的
割草女孩，还得割好久，
真可怜啊。

绢
帆

国王要求船上挂的风帆，
要用最薄、最薄的绢。

浅紫色的薄绢上，
透过图案就能看到港口，
虽然这样的风帆很漂亮，
但再漂亮，风一吹，
就被刮破了。

"给风开条路，风帆便不会破了"，
国王下令给风开了一条路。

浅紫色的薄绢上，
国王的徽章被剪下来，
虽然这样的风帆很漂亮，
但再漂亮，风一吹，
就穿透了风帆，
船还是纹丝不动。

仓库

仓库里，灯光灰暗。
堆放在那里的，
都是过去的东西。

那角落里的长板凳，
夏天，我曾坐在上面，
玩过线香烟花。

插在房梁上的，
那束被熏黑的樱花，
庙会时曾插在屋檐下。

仓库最里面的，
啊，那是纺车，
我差点忘了，
很久以前奶奶曾经用过它。
如今那辆纺车还编织着
夜里从房檐漏进来的月光吧。
　　藏在房梁上的小坏蛋们，
　　那些蜘蛛一直想得到它们，
　　用偷来的丝线，

织成魔咒般的网，
　　白日里睡觉的纺车并没察觉到。

仓库里暗暗的，
仓库里的东西让人怀念。
那往昔的点点滴滴，
被罩上了蜘蛛网。

星期六和星期天

星期六是叶子，
星期天是花儿。

把日历上的叶子
摘下来，
星期六的晚上
好开心呀。

可是花儿是会
凋谢的东西。

把日历上的花儿
摘下来，
星期天的晚上
好寂寞呀。

十三夜 [1]

今早
下了一场阵雨，
夹带着小雪。

昨天开始
刮起了寒风，
母亲贴上了窗户纸。

冷清的十三夜，
就连云彩，
都了无踪迹。

草丛中
连鸣叫的虫儿，
今天也变少了。

1 十三夜：日本人在农历九月十三日这天夜里赏月。

祖母的病

祖母生病了，
庭院里的草无人打理。

祖母常说，每天清晨，
花开的时候，要为佛祖剪花，
可现在蔷薇花的叶子全是洞，
松叶和牡丹花都已枯萎了。

从邻居家跑来的小鸡，
也歪着脖子，一副疑惑不解的样子。

白天也是一片寂静，
秋日的风吹拂着，
房间里面空荡荡的。

十二竹

我发起脾气，
无处发泄，
于是拿起十二竹，
就扔了出去。
碧绿的十二竹，
泛着微弱的白光，
门外的天气，
很是晴朗。

十二竹
翻倒在地上。
我看着它，
不由得眼泪汪汪——

小小的墓

小小的墓，
圆圆的墓，
爷爷的墓。

盛开的紫薇花，
就像戴在墓头的发簪。
这场景已经是去年的事了。

今天到这儿一看，
崭新的墓地，
闪闪亮地出现在这里。

小千的墓，
去哪儿了？
是卖给石匠了吗？

今年，
紫薇花
依旧散落在墓上。

没有玩具的孩子

没有玩具的孩子，
很寂寞，
给他玩具，应该就会好了吧。

没有妈妈的孩子，
很悲伤，
给他妈妈，应该就会高兴了吧。

妈妈正温柔地
抚摸我的头发，
我的玩具多得
快从箱子里溢出来。

可是，
我的寂寞，
要得到什么，才会好起来呢？

朝と夜

清晨与夜晚

———

第六章

夜里凋落的花儿

在晨光中
凋落的花儿，
有麻雀和它
一起赛跑。

在黎明里
凋落的花儿，
有闹钟为它
放声歌唱。

在夜里凋落的花儿，
谁能陪它玩呢？
在夜里凋落的花儿，
谁能陪它玩呢？

清晨
与
夜晚

清晨从哪里来?

它悄悄地从东边山头瞥一眼,
眨眨眼,缓缓地掠过天空,
然后慢慢地降临到小镇上。

树荫下、地板上,这些地方,
在朝阳出来之前,
它都会去瞧一瞧。

夜晚从哪里来?

从地板上,从树荫下,
忽然升起来,
挂在大大的屋檐上。

即便夕阳西下,
它也到不了云端。

繁忙的天空

今夜的天空格外忙碌，
云朵川流不息。

一不小心就同月亮撞上了，
还没反应过来就已经跑开。

小云稀里糊涂地跑，
大云气喘吁吁地追。

月亮在云朵之间，
躲躲闪闪地前行。

今夜的天空格外忙碌，
真的，真的，格外忙碌。

纹服¹

寂静的秋日黄昏，
穿上了漂亮的纹服。

月亮是纹服上白色的家徽，
那像裙边一样
朦胧的水蓝色的是大山，
大海是那闪闪发光的银粉。

大山里星星点点的灯光，
那是纹服上的刺绣吧。

这是要嫁到哪里去呀？
寂静的秋日黄昏，
穿上了漂亮的纹服。

1 纹服：带有家徽或者家纹的和服。

海之子

在巨型的岩石上，
我找到了海之子。
在海之子中，
我找到了海螺的孩子。

海之子真可爱呀，
海螺的孩子也真可爱呀。

再见

下船的孩子对大海说，
上船的孩子对大山说。

船儿对栈桥说，
栈桥对船儿说。

钟声对大钟说，
炊烟对小镇说。

小镇对白天说，
夕阳对天空说。

我也说吧，
说再见吧。

对今天的我，
说再见吧。

月亮之歌

"月亮何时圆？"
"月亮何时圆？"
　　奶妈教我这首歌的时候，
　　天上也像这样，挂着傍晚的月亮。

"十三夜里，九分圆。"
"十三夜里，九分圆。"
　　现在，我正教着弟弟呢，
　　在同一个院子里手拉着手。

"那时的月亮还很小啊。"
"那时的月亮还很小啊。"
　　如今我已不再唱这首歌了，
　　即使望着月亮，也想不起来。

"月亮何时圆？"
"月亮何时圆？"
　　西归的奶妈会牵着我的手，
　　帮我回忆起这首歌来吧。

深夜的天空

人们和草木都睡觉的时候，
天空正忙碌着。

一缕缕的星光，
背着美丽的梦，
为了送到大家的枕边，
正在空中川流不息。
露水公主为赶在黎明前，
在城市阳台的花朵上，
在大山深处的草丛里，
通通洒上露珠，
正驾着银色马车赶路呢。

花儿和孩子们都睡觉的时候，
天空正忙碌着。

大海的色彩

清晨的大海银光闪闪，
银色让一切显得泛黑。
不论是船艇、船帆，
还是波浪，都显得黑。

白天，起伏的大海是蓝色的，
蓝使一切凸显出自身的颜色。
不论是漂浮的草屑、竹竿，
还是香蕉皮，都焕发出色彩。

夜晚，寂静的大海是黑色的，
黑色将一切吞没。
海面上看不到是否有船，
只能看到红色的光影。

海港之夜

多云的夜晚，
小小的星星一闪一闪，
一颗星星。

寒冷的夜晚，
船灯忽明忽暗，
两盏灯笼。

寂寞的夜晚，
大海的瞳孔泛着蓝光。
三只眼睛。

夜

山呀，森林里的树木呀，
鸟巢里的鸟儿呀，小草的叶子呀，
就连可爱的小红花儿们，
夜都为它们穿上了黑色的睡袍，
只有我这里，他来不了。

我的睡衣，雪白雪白的哟，
因为，这是妈妈给我穿的。

咆哮的风，
怒吼的浪，
看守灯塔的人，
在岸边自言自语。

在这片海里，
海的最深处，
现在也有珍珠吗？

呼啸的风，
翻滚的云。
蓝色的星星，
在天上自言自语。

在这片天空里，
天空的最深处，
昨晚的花苞开放了吗？

月光

（一）

月光从屋檐上，探出头来，
打量着明亮的街道。

毫无察觉的人们，
依旧像白天一样，快乐地
在明亮的大街上穿行。

月光看到这幅场景，
轻轻地叹了一口气，
把好多没人要的黑影，
投在了瓦片上。

没有察觉到的人们，
仍然像鱼儿在水中游一样，
穿过明亮如河流般的街道。
　　人们的脚步，有重有轻，
　　缓慢后变急促，急促后又变缓慢，
　　电灯的影子一路随行。

（二）

月光发现了，
一条又阴暗又冷清的陋巷。

它赶紧跳了过去，
陋巷里贫穷的孤儿，
正吃惊得瞪大眼睛时，
月光钻进了他的眼睛里。
　　好像一点儿也不疼，
　　随后，那些破陋的房屋，
　　变得看起来像发光的宫殿。

孩子很快入睡了，
月光依旧安静地守护着他，
一直到天亮。
　　破旧的货车，破烂的雨伞，
　　就连一根小草，
　　月光也一个不漏地照在上面。

夜晚的雪

大雪花，小雪花，
飘着雪的街道上，
有一个盲人，
还有一个小孩。

干净的窗户里，
钢琴正在歌唱。

盲人听见后，
停住了拐杖。
大雪纷纷落，
落在盲人的手心里。

小孩看着
明亮的窗户。
大雪花点缀了
他的娃娃头。

钢琴正在歌唱，
用心地
为他们俩，
唱着春天的歌谣。

大雪花，小雪花，
在他们头顶上，
温暖地，欢快地跳着舞。
暖暖地飞舞，开心地飞舞。

报
恩
讲
一

“守夜”的晚上正好在下雪季，
虽然没下雪，但天空依旧阴沉。

走过通往寺庙的漆黑小路，
你就能看见巨型的蜡烛，
还有硕大的火盆，
明亮的，明亮的，暖暖的。
大人们不疾不徐讲着话，
孩子们一打闹就会挨骂。

这里气氛欢快热闹，
朋友们全都聚拢来，
让人心中莫名激动。

即便深夜回到家，
也不由得开心到睡不着觉。

守夜的时候，即便夜深了，
依旧能听到啪嗒啪嗒的木屐声。

秋天，一夜之间

1　报恩讲：是在净土真宗的宗祖亲鸾圆寂日前后，举办的感谢和歌颂他
功德的法事。

海螺之家

黎明时分，海边的沙子路上。
咚咚！"我是送奶的，要海豚奶吗？"

正午时分，海藻丛中。
"号外，号外，"叮咚叮咚，
"鲸鱼被鲥鱼网给困住了。"

深夜的大海，礁石后面。
咚咚！"有急事，快开门呀，
电报，电报。"可门里静悄悄。

是感冒了，不在家，还是在睡懒觉？
海螺家的门总是关闭着。
从黎明到黄昏，一直静悄悄。

草原之夜

白天，牛群在草原上，
吃着青草。

夜晚，
月光行走在草原上。

被月光滋润的小草，
一下子便长大了，
月光想把它们
变成明天牛群的午餐。

白天，孩子们在草原上，
摘着花朵。

夜晚，
天使独自行走在草原上。

天使的脚所到之处，
不断开出一朵朵鲜花，
天使想明天展示给孩子们看。

夏日的黄昏

太阳下山了，
天空依旧明亮，
星星吹着口琴。

太阳下山了，
街上依旧灰尘飞扬，
空空的马车，
在哐当哐当地响。

太阳下山了，
泥土的颜色依旧明亮，
线香烟花燃烧完后，
掉下了红色的星火。

远方发生火灾，
仿佛要令人难忘一般，
大家一起经历了那场战争。

消失了，消失了，
又奔跑而来的小兵，
抢先一步，
踩到了敌方的地雷。

决胜时期，道路旁，
大家都在尽力地活着，
第三小组出发，
吹响了号角。

大家沉默着目送他们，
黑沉沉的天空中，
挂着半轮月亮，
为大家撑起一把巨大的伞。

冬日的
星星

下霜的夜里，
走在街道上，
姐姐一边
望着天空，
一边轻声说道，
——寒冷和寂寞，
　　通通走开吧。

下霜的夜里，
天空中的
那颗星星，
那颗最亮的
星星回答道，
——好的，
　　那我就
　　按照你说的做。

有生命的簪子

哄得婴儿咯咯笑的渔家孩子，
有着乱蓬蓬的头发，
麻雀见了心想，哎哟，这不错，
刚停在她的头发上，想搭个窝，
红色的大丽花就燃烧了起来。
"哎呀，好烫，好烫。"
麻雀急忙飞走了。

傍晚渔家孩子将枯萎了的大丽花，
从头发上拔下来丢掉，
让从海滨回来的母亲，
帮她梳头发。
这时，麻雀已经在房梁上
搭好了窝。

波桥立

波桥立，一个美丽的地方，
右边是湖泊，水鸟在水中钻来钻去，
左边是外海，白帆在海上航行，
中间是松原，小松原，
海风轻轻地吹拂着。
　　海鸥们
　　　与湖中的
　　　鸭子一起玩耍，
　　　不知不觉天就黑了，
　　　蓝色的月亮升起来，
　　　湖泊的主人
　　　在海边
　　　捡拾贝壳。
波桥立，一个美丽的地方，
右边是湖泊，微波荡漾，
左边是外海，波涛汹涌，
中间的石原，小石原，
要快快地钻。

花津浦[1]

我站在岸边，眺望花津浦，
我知道这里往昔的故事。
每次站在岸边眺望时，
我都会想起那个故事，
内心不由得感到悲伤。

那个故事
与花津浦名字的由来，
都是邮局的叔叔告诉我的，
叔叔现在去了哪儿？
他在做什么呢？

船儿越过
花津浦上的象鼻，
消失在远方。

夕阳沉入海中，大海仿佛在燃烧，
船儿依旧在海中航行。

1 花津浦：日语中"花津浦"与"大象鼻子"读音相似。该山的形状神
似大象的鼻子漂浮在海上，因此而得名。

"很久，很久以前"的
花津浦啊，
一切都成为过去的记忆。

捕
鲸

大海咆哮的夜晚，
冬季的夜晚，
一边烤栗子，
一边听故事。

很久，很久以前，渔夫们就是在
这片海里捕鲸，这里是紫津浦 [1]。

大海波涛汹涌，正值冬季，
狂风吹卷着雪花，
渔夫们挥舞着鱼叉和绳索。

鲸鱼的血把岩石和沙子染成了紫红色，
海水常常也被染成紫红色，
就连岸边也变得一片朱红。

渔夫们身着厚厚的棉服，
立在船头眺望，
等鲸鱼气势变弱后，
就立刻脱下棉衣，

1 紫津浦：地名，在日本山口县内。

光着身子跃入翻滚的海水中。
那是很久，很久以前，渔夫们——
听到这样的故事
我总是心潮澎湃。

现在鲸鱼已经不来了，
渔村也变得贫穷了。

大海在咆哮，
冬季的夜里，
听完故事后，
我才意识到——

穿蓝西装的人
和爸爸一起，
去了圆顶教堂。

穿白围裙的人
和妈妈一起，
在十字路口卖晨报。

夏天来了，
天空一片蔚蓝。

教堂圆顶上，
昨天飞来的燕子
停在那里，
四处张望。

跳舞的玩偶

跳舞的玩偶站在盒子上，
今天她也在翩翩起舞。

她的面前是夜市的瓦斯灯，
照亮了七八张想要玩偶的娃娃脸。

玩偶轻轻转身，只见昏暗的大海上，
渔船的灯光一闪一闪发光。

跳舞的玩偶想起了，
来时经过的漫长海路。

她的眼中涌出了泪水，
但也没停下脚步，依旧不停旋转着。

她再转一圈后，瓦斯灯下，
夜更深了，面前站着两个身着浴衣的小娃娃。

宵节句[1]

嘴里长虫牙，
牙好疼，
阴雨绵绵的
宵节句。

纸灯笼里的火，
不知什么时候也熄灭了，
纸灯笼上画着的宫女和侍卫，
也都睡着了吧。

我躺在床上，
只见光着身子的人偶
露出一双微微泛白的
小脚丫。

虫牙好疼，
牙好疼，
夜深了，
真是一个寂寞的
宵节句。

1 宵节句：日本的女儿节前一天晚上叫作宵节句。

暦と時計

日历牌与时钟

——

第七章

日历牌
与时钟

因为有日历牌，
所以忘记日期的时候，
看一眼日历牌就能想起，
啊，现在是四月。

即使没有日历牌，
也能知道日期，
因为机灵的花儿
在四月开放。

因为有钟表，
所以忘记时间的时候，
看一眼钟表就能想起，
啊，现在是四点。

即使没有钟表，
也能知道时间，
因为聪明的公鸡
在四点啼叫。

懒惰的壁钟

房间里的壁钟暗暗地想，
今天是周日，天气暖洋洋，
男主人不用去上班，
孩子们也不用上学，大家都休息。

只有我自己嘀嗒嘀嗒地转，
多没意思呀，
索性打个盹儿，睡一会儿吧。

主人发现了，
咯吱咯吱，拧紧了发条，
对不起，对不起，
壁钟赶紧边道歉边开始转起来。

玻璃

我想起那是某个下雪天，
我把窗户上的玻璃打碎了。

想着待会儿再捡玻璃片吧，
一直拖一直拖，最终没有捡。

每次看到瘸腿的狗，
我就不由得想
它是不是那天从窗下经过。

我忘不了那个下雪天，
那在雪地里发光的玻璃片。

白日的
电灯

没有孩子的
儿童房，
电灯孤零零地亮着，
一定很寂寞吧。

外面是清脆的
皮球声，
窗户上是明亮的
太阳光。

白日的电灯上，
只有一只苍蝇，
静悄悄地停着，
白日的电灯一定很寂寞吧。

时钟表盘

家人去旅行，是谁在与我相伴？
它拖着短短的影子前行，
走过白色的、寂寞的白昼之路。

猛然回头，是谁
一直在看着我，
一张白色的脸。

眼睛闭上又睁开，
仔细一看，
原来是时钟表盘。

独自留守在家，寂寞的时候，
我只能目不转睛地盯着
那时钟表盘。

玻璃
和文字

玻璃
像什么也没有，
一眼就能看穿。

可是，
把很多玻璃摞起来，
玻璃就变得像大海一样蓝。

文字
像蚂蚁，
又小又黑。

可是，
把很多文字凑起来，
可以组成一个黄金城堡的故事。

汽车

飞驰而过的
汽车上，
映出了
我的影子。

汽车
飞驰而过后，
我的影子
也迅速消失了。

遥远的
小镇尽头，
春日傍晚的
云朵下面。

汽车呀，
啊，你现在
映着谁的影子呀？

喷水池的乌龟

宫殿的喷水池
不能喷水了。

喷不出水来的乌龟宝宝，
仰头望着天空，
看上去好寂寞。

混浊的池水上，
一片叶子轻轻地
飘落到上面。

时间爷爷

繁忙的"时间"爷爷，
嗒嗒嗒嗒快速奔跑着。

将我的一切，
全部送给你吧。

有洞的石头，有条纹图案的石头，
五颗蓝色的玻璃球，
古老的不可思议的浮世绘，
还有银色的芒草簪。

伟大的"时间"爷爷，
嗒嗒嗒嗒不停奔跑着。

如果，你能
让庙会的日子立刻到来，
我便把一切都给你。

朝
圣

油菜花盛开的时候，
我在海滨街道上行走，
朝圣的孩童为什么没来？

那时，
我做了一件错事，
拿着够买三个人偶的钱。

结果我却没买那个人偶，
回想起来，她是在等我吧？

秋天的街道，
满是山蜻蜓的影子。

送达摩¹

白队赢了，
白队赢了。
大家双手举向高空，
欢呼"万岁"！
朝着红队的方向，
欢呼"万岁"！

一声不吭的
红队哟，
秋日的
阳光，
照在被泥土弄脏了的
瘫倒在地上的红达摩上。

"再来一次"，
老师的话音刚落，
"万岁"的声音
就变小了。

1 达摩：这里指模仿佛教禅宗开祖达摩的坐禅姿的摆饰、玩具。大多是
红色造型，眼睛的部分保留空白。

数数

天空中现在飘着两朵云，
公路上现在有五个人。

从这里到学校，
要走五百六十七步，
途中有九根电线杆。

我的箱子里原本有
二百三十个珠子，
其中七个滚走了。

夜空中的星星，
数到一千三百五十颗，
还是数不完。

我喜欢数数，
无论遇到什么，我都要数一数。

独户人家的
钟表

太阳公公，已经高高挂在天上，
慢吞吞的钟表迟到了，
稍微对着太阳调一调吧。

乡村里独户人家的钟表，
一天到晚不是打盹儿，就是伸懒腰。

编故事

美丽的原野尽头，
有银光闪闪的湖水。
湖水岸边的宫殿里，
坐着个小小的女王。
　　（这里是被施了魔法的湖，
　　　我被变小了。）
女王身后站着一群宫女。
　　（她们是我的朋友，
　　　也被施了魔法。）
女王的前面站着一个长胡子的男总管。
　　（其实，他是我的私塾先生呀。）
黄金的时钟响起来，
小女王用花瓣勺子
品尝着花蜜……

我跟大人讲了这个故事，
他们都呵呵呵地笑起来。
而我却感到了寂寞。

金鱼的墓

在那黑暗的寂寞的泥土里，
金鱼在看着什么呢？
它看着夏日池中的海藻花，
还有那随风摇曳的光影。

在那寂静的寂静的泥土里，
金鱼在听着什么呢？
它听着夜晚的阵雨
行走在落叶上的脚步声。

在那冰冷的冰冷的泥土里，
金鱼在想着什么呢？
它在想住在金鱼屋荷叶里的
很久很久以前的老朋友们。

年末
与
元旦

哥哥在忙着记账，
妈妈在忙着装扮房间，
我在忙着包过年礼物。
全镇的人们匆匆忙忙，
全镇上阳光普照，
每个角落都有东西在闪闪发光。

浅蓝色的天空上，
老鹰安安静静地画圆圈。

哥哥穿着带家徽的和服，
妈妈穿着外出的衣裳，
我也穿了长袖和服。
全镇的人们都在欢乐玩耍，
全镇的松树都笔直挺拔，
全镇遍地落满了软雹。

浅墨色的天空上，
老鹰画出大大的圆圈。

日
暮

哥哥
开始
吹起口笛。

我
咬着
袖口。

哥哥
很快停下了
口笛。

屋外，
黑夜
悄悄地降临了。

饭碗和筷子

正月里，
花盛开，
开在我的红花碗上。

四月来，
花不开，
不开在我的绿色筷子上。

早上的
蜘蛛

早上，我找到一只蜘蛛，
一大早就莫名地很开心，
今天，他一定会来吧。

母亲也不知道，
我其实是在等，等那还在世的，
住在远方的父亲来接我。

我会很快梳好头发，
穿上最喜欢的手鞠[1]图样的衣裳，
我还会坐上红色的马车。

红色马车走过的道路，
是长满白芒的道路吧，
路边的小野菊也开了吧。

我们会经过飘着旗帜的小村庄，
经过响着钟声的寺庙，
还要穿过黑暗潮湿的森林。

1 手鞠：是一种线球，最初是小孩玩的，现已经变为一种艺术，在球的
表面进行彩绘。日本新年时，有父母赠送手鞠给孩子的传统。

然后，在晚霞消失的时候，
看到对面那宛如城堡的
大房子。

父亲会迫不及待地
从房子里跑出来接我吧，
我也会从马车中飞奔出去吧。

我会叫"父亲"吧，
不不，我会沉默不语，
因为实在，实在是太高兴了。

从早上开始我就觉得莫名地开心，
我找到了一只早上的蜘蛛，
今天，一定会发生什么好事吧。

竹蜻蜓

嘎吱，嘎吱，竹蜻蜓，
飞呀，飞呀，竹蜻蜓。

比二楼的房顶还高，
比一棵杉树还高，
比葛城山还高。

我亲手做的竹蜻蜓，
替我飞上天空吧。

嘎吱，嘎吱，竹蜻蜓，
飞呀，飞呀，竹蜻蜓。

比山上的炊烟还高，
比云雀的歌声还高，
穿过朦胧的天空。

但一定不要忘了
飞回这条小路来。

雨后

背阴处的树叶，
它是个爱哭鬼。
滴滴答答，
哭个不停。

向阳处的树叶，
嘻嘻哈哈。
眼泪的痕迹，
早就不见踪影。

哪个好心人
给背阴处的
这个爱哭鬼，
递上一张手帕吧。

被遗忘的东西

夜幕悄悄地降临到
乡村车站的候车室里。

唯有一个旧人偶，
不知在等待几时的火车。

末班车非常吃惊，
虫子也在轻声鸣唱，
拿着扫帚的老爷爷，
目不转睛地看着玩偶。

你是要去大山深处，
找你的妈妈吗？
远处，响起了回声。

乡下的车站里夜深了，
虫子在静静地歌唱。

猎人

我是小小猎人，
我是猎枪高手。

杉木制成的猎枪，
一枪就可以射穿树干。

我是善良的猎人，
我迅速跃过，

其他猎人的身旁，提前向鸟儿们，
射出绿色的弹丸。

被绿色弹丸打中，并不会疼，
鸟儿只会受到惊吓，就立刻飞走。

被射中的时候，鸟儿应该很生气吧，
但是，我却为它们高兴。

我是小小猎人，
我是猎枪高手。

将绿色的猎枪扛在肩头，
匆匆地走在山间的小路上。

大象的鼻子

那儿，那儿，
在山上，
有一头白色的大象。

那儿，那儿，
大象的鼻子，
在空中奋力伸展。
——蓝色的天空中，
　　它丢失的象牙
　　又白又细。

那儿，那儿，
大象的鼻子，
在拼命地伸展，仍旧遥远。

摸不着，
够不到，
黄昏时分，暮色灰暗，
——寂静的天空中，
　　够不到的象牙，
　　越发泛白。

坏掉的帽子

手鞠转呀转，
转动的手鞠从我的手中滑落，
被讨饭的小乞丐捡到了。

我想要回手鞠，却又害怕，
看了又看，他还是不理我，

去拿，还是回家，我正向他走去，
只见他轻轻戴上草帽，
可帽子却坏掉了，坏掉了，
帽檐儿全都塌了下来。

他一下转身，哈哈笑起来。
我也没忍住，哈哈笑出来。

小乞丐戴着坏掉的草帽走了，
他经过的道路上，
有成千上万只蜻蜓追随着。

涂鸦

我听着雨声，
望着墙上的
一处涂鸦。

不知道是谁，
什么时候画的，
跟我水平差不多的
笨拙的画。

药香在空气中弥漫，
巨大的火盆边上，
我一个人坐着。

静静地盯着
墙上涂鸦里
那只画了一张脸的姐姐。

黄昏

昏暗的山中有一扇红色的窗户，
窗户里有什么呀？

是空空的摇篮啊，
还有双眼含泪的母亲。

明亮的空中挂着一轮金色的月亮，
月亮上是什么呀？

是黄金做的摇篮啊，
那个母亲的宝宝正在里面睡觉呢。

冬季的雨

"妈妈，妈妈，快来看呀，
雨夹着雪，哗啦啦地下呢。"
"是啊，在下呢。"妈妈回答，
继续做着手中的针线活儿。
——下着冰雨的街上，熙熙攘攘的行人
　　全都撑着相似的伞。

"妈妈，即使下雪，再过一周后，
新年还是会到来吧？"
"是啊，会到来的哦。"妈妈回答，
继续缝着手中的春衣。
——这泥泞的街道变成河就好了，
　　变成广阔的大海，就更好了。

"妈妈，街上有船划过哦，
嗨哟，嗨哟，摇着橹。"
"哎呀，真是个傻孩子。"妈妈回答，
低着头做着针线活儿，并不看我。
——我寂寞地把左脸颊贴在
　　冰冷的，冰冷的窗玻璃上。

浜の石

海边的石头

———

第八章

大渔

朝霞小霞
大丰收，
大羽沙丁
大丰收。

岸边热闹得
像庙会，
海里却要为
上万条
沙丁鱼
办葬礼了吧。

无人岛

我被冲到一座无人岛上，
变成了可怜的鲁滨孙。

一个人孤零零地站在沙滩上，
眺望那遥远的大海。

蔚蓝的大海上冒着烟，
连像船一样的云都没有。

今天依旧很寂寞，算了，
还是回到我的岩洞里吧。

（哎呀，那是谁啊，
三五个孩子穿着泳衣走出来了。）

我赶紧翻到一百页，
鲁滨孙如愿以偿回到了家乡。

（爸爸午睡醒来，
桌上已经摆好了冰镇的西瓜。）

真开心，真开心，鲁滨孙，
来吧，赶快回家去吧。

海鸟

那日复一日来到海岸边，
翻滚往复的波浪啊。

刚才来的波浪，那个波浪
来自哪个国家呢？

刚才退的波浪，那个波浪，
会退到怎样的海岸呢？

浮在波浪上的海鸟啊，
你肯定知道吧。

如果你告诉我，
我邀请你参加下次的庙会。

纸气球

我拿着一个气球，
拍拍手，
纸气球飞上了天空。

像丝绸般的旗云，像羽毛般的云，
像柳条般的云。

"灿烂的笹山[1]"一歌中，
猴子们也在灿烂的笹山里，
一起拍着手，
快乐地度过春天。

一个人玩耍也是晴空万里，
一个人玩耍也是春天。

1 唱"灿烂的笹山一只猴子在拍手"时拍一次手，唱"灿烂的笹山两只猴子在拍手"时拍两次手。

海边的石头像玉一样，
全都圆滚滚滑溜溜。

那海边的石头是飞鱼吧，
一扔就迅速划开波浪。

海边的石头想歌唱，
与浪花整天都在唱。

那一块又一块海边的石头，
全都很可爱，

它们是了不起的石头，
大家齐心协力，一同簇拥着大海。

鱼
市

晚潮
在濑户外海
卷起层层漩涡。

声音
传到了
远方的暮色中。

大海中
倒映着
已结束营业的
集市的影子。

孩子，孩子，
你在哪里？
你在
看什么呢？

乌鸦安静地
划过
秋刀鱼颜色一般的
傍晚的天空。

树叶小舟

一只小小的黑蚂蚁探险家
驾着树叶做的小舟要出发。

绿色的小舟已经启航，
指向大海的另一方。

听说大海的另一边有孤岛，
岛上有糖做的山、蜜做的河，

没有可怕的鸟，
也没有蚂蚁的地狱。

驾着绿色的小舟，蚂蚁独自
踏上了寻找这孤岛的旅途。

好
眼
睛

我想用猎枪射一只大山里的鸽子，
我想有一双鸽子那样的好眼睛。

这样，即使我住在城里，
待在母亲的身旁，
我也能看见，
乡村的森林，还有树枝上的鸟巢。

我也能看见，
海上的小岛，以及藏在岩石下的鲍鱼。

我还能清楚地看见，
天空中，夕阳下，云朵上的天使吧。

如果我有一双那样的好眼睛，
我会一直待在母亲的身旁，
观看各种各样的东西。

没有爸爸妈妈的小鸭子

月光
结冰了，
枯叶
哗啦哗啦。

雪一片一片
从月亮和云间
落下来。

月光
结冰了，
池塘
也结冰了。

没有爸爸妈妈的小鸭子，
怎么睡得着呢？

黑夜

黑暗的广阔原野上，
是谁在歌唱？

高台上那一排排窗灯，
有一盏被影子遮住了，黑乎乎的。

远方那广阔的城市天空上，
好像染了一层朦胧的沙金。

我独自站在阳台上，
吃着橘子，眺望远方。

船儿睡吧

从岛上来的小船，你累了吧？
在海湾温柔的波涛里，
舒舒服服地睡会儿吧。

载着鱼箱，跨越波涛汹涌的大海，
远道而来的小船啊，你睡会儿吧。

岛上的人回来以后，
会买回沉甸甸的大米，
还会买回绿油油的青菜。

从岛上来的小船，趁着这会儿，
你赶紧在温柔的波涛摇篮里，
舒舒服服地，睡会儿吧。

彩
纸

今天是冷清的阴云天，
太过冷清的阴云天。

昏暗的码头上，一群白鸽正在玩耍，
让我在它们的小脚丫上，
系上一张张红色和绿色的彩纸吧，
连成长长的线，把它们都穿起来。

然后一起放飞，
那样天空将会多美丽呀。

小石头（一）

昨天绊倒了娃娃，
今天摔着了驮马。
明天还会有谁
经过呢？

乡间的路上，
小石头，
在火红的夕阳下，
一副悠然自得的模样。

小石头（二）

石材店里砸石头，
一块小石头
被砸出来，掉到了街边的
水坑里。

水坑在放学回家的路的
左侧方，
光着脚丫的孩子们，
你们要小心呀。

被砸出来的小石头，
还生着气呢。

球

为了找球，小镇的孩子
来到了一个陌生的小镇上。
从围墙上飘过去的，
原来是肥皂泡，很快就消失了。

为了找球，小镇的孩子
来到了乡下的一间小屋里。
在小屋后院里的，
原来是一朵绣球花，很快就凋谢了。

为了找球，街上的孩童
飞上了蓝天。
白色的柳条云里，
藏着他要找的球。

树叶的宝宝

"快睡吧"，哄睡觉，
这是月亮的工作。
月光悄悄洒满大地，
轻轻吟唱着催眠曲。

"起床啦"，叫起床，
这是风儿的工作。
东边天空微微泛白时，
风儿刮过来唤醒万物。

白天的守护者，
这是小鸟的工作。
大家一起欢快地歌唱，
在丛林的树枝上捉迷藏。

树叶的小宝宝，
喝着母乳睡着了，
它在睡梦中慢慢长大。

暴风雨云团

晚霞里，
暴风雨云团一片火红。
云团的下方，
小牛犊在玩耍。

不知什么时候，
暴风雨云团爬上了高空。
地上已经听不见人声。

晚霞的天空中，
暴风雨云团一片火红。
预示着暴风雨的到来。
不知什么时候，
不知什么时候，暴风雨就会到来。

小
姐

找我问路的旅人
早就已经消失在视野里，
我却还没回过神来。

虽然在我一直幻想的
那个童话世界里，
我被称作公主，
但其实我是个贫穷的农村孩子。

"小姐，谢谢你。"
我悄悄地望望四周，
不知为何还是觉得不可思议。

做东西

小鸟
用稻草
筑巢。
　　那稻草
　　那稻草
　　是谁做的呢?

石匠
用石头
修墓。
　　那石头
　　那石头
　　是谁做的呢?

我
用沙子
做盆景。
　　那沙子
　　那沙子
　　是谁做的呢?

鱼儿出嫁

鱼儿公主要出嫁了，
嫁到对岸的海岛上。

长长的婚礼队伍延伸至海岛，
好像银光闪闪的彩带。

海岛上的月亮
打着灯笼前来迎亲。

多么壮观的队伍，
蜿蜒在海面上。

月亮
和奶妈

我往前走，月亮也跟着往前走，
真是个好月亮。

如果你能每晚准时
出现在天空中，
那你就是更好的月亮啦。

我一笑，奶妈也跟着笑，
真是个好奶妈。

如果能不用做家务，
一直陪我玩，
那你就是更好的奶妈啦。

金鱼

月亮每次呼吸的时候，
都会吐出那温柔的
令人眷恋的月光。

花儿每次呼吸的时候，
都会吐出那清新的
令人陶醉的花香。

金鱼每次呼吸的时候，
就像某个童话故事里的孩子一样，
吐出漂亮的宝石。

车辙
与
孩子

在田间小道上，
车子如碾压石头般，
在堇菜花上，
压出了车辙。

在城市的道路上，
孩子们
如摘花般，
捡起了小小的石头。

海浪

海浪就像孩子，
手牵手，笑着，
一块儿涌过来。

海浪就像橡皮擦，
把沙滩上的文字，
通通擦除干净。

海浪就像士兵，
从山崖过来，一瞬间，
轰隆隆，就像开大炮。

海浪像丢三落四的糊涂虫，
把那么漂亮的贝壳
都遗忘在了沙滩上。

电
线
杆

耳边响起麻雀叽叽喳喳的声音，
电线杆睁开了眼。

当卖菜车驶过以后，
工人们开始工作起来。

午后刮起了大风，
孩子们捂住了耳朵。

断了线的气球，
掠过电线杆的鼻梁飞走了。

夕阳西下，天色渐暗了，
电线杆顶上繁星探出头来，

电线杆脚边救世军[1]们在唱诗，
让它又慢慢地进入了梦乡。

1 救世军：一个以基督教作为信仰的国际性宗教及慈善公益组织，以街头布道和慈善活动、社会服务著称。

小孩、海女[1]
和月亮

小孩摘下原野上的花，
但在回家的路上
把花哗啦啦撒了一地。

到家后，什么也没有了。

海女采集了海底的珊瑚，
但浮起来后放在船上，
又空着手潜到海里去。

自己的东西什么也没有。

月亮收拢天上的星星，
但每月十五过后，
又把星星洒满天空。

年底的时候什么也没有了。

1 海女：日本的一种职业，指不戴辅助呼吸装置，只身潜入海底捕捞龙虾、
扇贝、鲍鱼、海螺等海产品的女性。

声音

天空中
出现余晖灿烂的日落时，
总觉得从遥远的地方
传来了声响。

是编织竹篮时
发出的声响吗？
还是浪涛声呢？
再或者，
是孩子发出的声音？

我的肚子饿得咕咕叫，
日落时总是从遥远的地方，
传来声响。

弁天岛

"真是美丽的岛屿啊，
待在这里有点儿可惜，
我要用绳子将它带走。"

有一天，
来自北国的水手笑着说。
我想他是开玩笑的吧，
但天色渐暗，还是有点儿担心。

清晨，我依旧不放心，
急急忙忙地，往海边跑。

弁天岛屹立在波浪中，
被金色的光芒包裹着，
还是绿意盎然的模样。

曲馬の小屋

马戏团的小屋

——

第九章

魔法手杖

玩具店的老板
在春光明媚的河岸边
睡着午觉。

我躲在柳树叶后边，
拿着手杖一挥，
店里的玩具全都活过来了。
橡皮的鸽子，扑棱扑棱扇着翅膀，
纸做的老虎也开始吼叫……

如果那样的话，
哈哈，玩具店的老板
会露出怎样的表情呢？

吵架之后

我变成一个人了，
我变成一个人了。
反倒感觉有些寂寞。

不能怪我，
是那个孩子先犯错。
可是，可是，我感觉有点儿寂寞。

玩偶也
孤零零的一个人。
我把它抱在怀里，还是觉得寂寞。

院子里的杏花
纷纷往下落，
我心里更加寂寞了。

马戏团的小屋

随着热热闹闹的乐队声，
我来到了马戏团小屋的门前。

灯光一闪一闪，该是吃饭的时候了，
妈妈这个时候肯定在家等我吧。

我从帐篷的缝隙里偷偷地往里看，
看到了长得像弟弟的马戏团小演员，
不知为何让我觉得很亲切、很想念。

大街上的孩子们步履匆匆，
母亲牵着他们，走进戏棚。

扶在栅栏边上的我深切地希望，
妈妈也能带我去，却不能如愿。

捉迷藏

我藏起来的时候，
很快就会被找到。

我去找别人的时候，
却总是找不到。

不管玩多少次，
我都总是输。

玩捉迷藏游戏时，
我只有一直
找别人的份儿。

天黑了，
我想回家了。

木樨灯

房间里红色的灯点亮后，
玻璃窗外，茂密的木樨林中，
也亮起了灯，
亮起了跟这里一样的灯。

夜深人静，大家都睡着后，
树叶们围绕在灯的周围，
谈笑风生，
放声歌唱。

就像我们，
吃过晚饭后一样。

关上窗，睡觉吧，
如果大家不睡，
树叶们就不能说悄悄话了。

博多人偶

蟋蟀们
在鸣叫，
在深夜街头的
垃圾箱里鸣叫。

一扇明亮的橱窗里，
蓝色的灯光映照出
博多人偶
眼梢下的黑痣。

蟋蟀们
在鸣叫，
在深夜街头的
垃圾箱里鸣叫。

小镇的马

山里来的马
站在酒铺的角落里，
小镇来的马
站在鱼店的正前方。

山里来的马
急急忙忙地
卸下了货，
就回山里去了。

小镇来的马
可怜兮兮地，
载上了鱼，
还要去远方。
一路被骂，被骂也要
一路驮着走下去。

乳汁河

小狗狗，别哭了，
天就要黑了。

天一黑
就不怕没有妈妈了。

你会看见
在深蓝色的夜空里，
有一条
若隐若现的
乳汁河。

萤火虫的季节

萤火虫的季节到了。

让我们用新麦秆，
来编织
装萤火虫的
小笼子吧，
编好以后
就抄小路
去捉虫子。

绿油油的鸭跖草，
布满露水的小路，
让我们赤裸着脚
大步向前走吧。

魔术师

就在昨天，我决定了，
等我长大后，
要成为一名优秀的魔术师。

昨天看到的那位魔术师，
眨眼间就能让蔷薇盛开，
还能让蔷薇变成鸽子。

蚊
帐

睡在蚊帐中的我们，
就像困在网里的鱼儿。

迷迷糊糊睡着的时候，
星星空了就会来收网。

半夜里睁开眼睛一看，
发现躺在云里的沙滩上。

在蓝色网里，随波摇晃，
我们都是可怜的鱼儿。

电影街

跟电影里一样的蓝月亮
升上了天空，
整条街变得
像电影里的街道。

屋顶上
有黑猫
在吗？

可怕的
水手
会来吗？

看完电影回家的路上，
月亮升起来后，
整条街好像
换了一副模样。

折纸游戏

红色的四角的彩纸哟，
让我们用它来变魔术吧。

在我的十个手指头上，
最先变出来的是虚无僧[1]。

眨眼间变成了鲷鱼的尾巴，
看吧看吧，它活蹦乱跳的。

鲷鱼浮起来，变成扬帆的小船，
小船扬起帆，要去哪里呢？

把帆放下来，变成两艘船，
两艘船相伴，去世界尽头。

接着又变成一架风车，
噗地吹一下，让它转起来。

1　虚无僧：指日本禅宗支派普化宗之徒。虚无僧不着僧衣，头戴天盖，
口吹尺八（古代乐器，长一尺八寸），颈挂袈裟及方便囊，行乞诸方。

然后，又变出一个狐狸先生，
接下来，狐狸先生要变成什么呢？

好了，变身吧，
变回了原来的四角彩纸。

多么不可思议的纸啊，
多么精彩的魔术啊。

月亮和小偷

十三个小偷，
从北山下山来。
排成黑色的队伍，
打算在村里大干一场。

形单影只的月亮，
从东边山头升起。
它投下了一条银色面纱，
决心把整个村庄照亮。

黑色队伍变成了银色队伍，
这条银色队伍陆陆续续地，
穿过了银色的村庄。

十三个小偷，
找不到村庄，
也忘记了回家的方向。

南方的尽头，仔细瞧可以看见，
白茫茫的山，
不知从什么地方，
传来了公鸡喔喔喔的打鸣声。

空虚

给玩偶穿上，
红色手提箱中满满的漂亮的布料，
我的玩偶，好空虚。

因为空虚，所以它总是，
保持着干净的脸蛋、完整的手臂，
是世界上最漂亮的玩偶。

因为空虚，所以它之后，
学会了表达，学会了聆听，
是世界上最聪明的玩偶。

不厌其烦，不厌其烦地给它换上，
红色的，针织印花衣裳，
我的玩偶，好空虚。

元旦

很想和大家一起玩双陆[1]，
但要等他们把事情做完，
等待期间真让人寂寞。
　　远方的空地上，
　　传来男孩们的声音。

推开大门，立起屏风，
待在昏暗的屋内，
就像待在大山里一样寂寞。
　　钟表在耳边嘀嗒作响，
　　外面传来冰冷的木屐声。

昨晚我等得筋疲力尽，
今早穿衣时，依旧蹦蹦跳跳，
元旦真是个让人寂寞的日子。
　　姐姐去上学了，
　　母亲的事情依旧未做完。

---

1 双陆：一种室内游戏，类似棋，二人隔棋盘对坐，玩法类似《大富翁》，
扔骰子决定点数，接着走格子进行的游戏。

擦玻璃

我爬上窗户擦玻璃。

擦着擦着，看见教室里的
课桌上长出了青草，
有人光着脚在拔草。

拔草人的上方有黑板，
有人在黑板上涂墨。

刚涂完墨的黑板上，
盛开着山樱花。

守在河堤对岸的孩子，
一边看花一边走过。

他不知道影子映在了玻璃上，
也不知道我在看着他。

人偶树

不知什么时候埋在地里的种子，
已经长成了一株小小的桃树。

虽然我只有一个人偶，
但还是把它埋在院子的角落吧。

即使我寂寞也要忍耐着，
等到它长出两片小小的芽。

如果精心培育这小小的芽，
三年后它便会开出花，
到秋天就能长出可爱的人偶，
我要把它们从树上摘下来，
分给镇上所有的孩子，
因为人偶树还会继续发芽。

扑克牌房子

用扑克牌来
搭一座房子吧。
每一个房间都朝里，
地板的图案非常漂亮，
把一个方块当成电灯。

院子里有黑桃、梅花树，
红桃花在风中翩翩起舞。

谁住在
扑克牌搭的房子里呢？
让四个国王和四个女王中
被人嫌弃的
黑桃国王和黑桃女王
住在里面吧。

快点拆掉
扑克牌搭的房子吧。
时钟已经咚咚响了五声，
姐姐拿着扫帚走过来了。

鵯越
一

从鵯越上冲下来的，
蚂蚁大军
在进攻。

目标是平家的
梨核，
是我丢掉的
梨核。

　　过午时分，
　　在山顶的茶馆中，
　　看松叶落下，
　　听阵阵蝉鸣。

蚂蚁大军，
非常勇猛，
攻陷了
梨子城堡。

1 鵯越：日本神户市内一处山路名称，作为古战场而闻名。公元1184年，
源氏和平家两大军团在此地决战，即著名的"一谷战役"，平家军大败。

小女孩和小男孩

红色的传单，
蓝色的传单，
散落在春天的大街上。

小女孩捡起红色的传单，
把红色的传单折起来，
放在石头上，
对它轻轻地唱起
摇篮曲。

小男孩捡起蓝色的传单，
拿着蓝色的传单，
跑回家，
鼓足了劲儿，
大叫道："电报，电报。"

指甲

大拇指的指甲
看起来很平，
好像很结实。
　　就像我们的老师。

食指的指甲
看起来很扭曲，
仿佛在哭泣。
　　就像在马戏团看过的小丑。

中指的指甲
看起来圆圆的，
仿佛在微笑。
　　好像以前照顾过我的小姐姐。

无名指的指甲
看起来方方的，
仿佛在思考。
　　就像旅行中的叔叔。

小拇指的指甲
看起来很纤细很漂亮。
　　好像什么都知道，
　　却又好像什么都不知道。

占卜[1]

晚霞，
小霞，
红色草鞋
踢起来。

红色草鞋，
鞋底朝上。
再来一次
踢起来。

直到正面
朝上为止，
不管几次
踢起来。

晚霞，
小霞，
把鞋抛到
云端去。

1 占卜：日本人的一种占卜方式。将脚上的鞋子用力往远处一踢，根据鞋子落地的形态来判断第二天的天气等状况。比如，如果鞋子正面朝上则表示第二天天晴，如果侧面朝上则表示阴天，背面朝上则是雨天。

梨核

梨核是要丢掉的东西，
因此连梨核都吃掉的孩子，是小气鬼。

梨核是要丢掉的东西，
但是把它随地丢的孩子，是小坏蛋。

梨核是要丢掉的东西，
把它丢进垃圾箱的孩子，是乖孩子。

丢在地上的梨核，招来了蚂蚁，
蚂蚁们兴高采烈地拖着梨核走。
"小坏蛋，谢谢你呀。"

丢进垃圾箱里的梨核，
被打扫卫生的老爷爷
一言不发地收走了。

女王殿下

如果我是女王殿下，
我就把全国的糖果店召集起来，
让他们造出糖果的宝塔，
然后在塔顶安一把椅子，
我要一边舔着甜甜的糖果铅笔，
一边写下一条一条的公告。

首先我要写的是：
"在我的国土上，
所有人不能让孩子
独自留守在家里。"
这样一来，就不会有像我一样，
孤独的孩子了吧。

然后，我接着要写的是：
"在我的国土上，
所有人不能有比我大的球。"

这样一来，我也就不会
再想要更大的球了吧。

西洋镜

偷偷地张望西洋镜的
孩子们，
都是很小的孩童。

一直到去年，
每次与妈妈一起参拜，
经过西洋镜前面时，
我都斜着眼看了又看，
怀着羡慕的心情，
路过它。

今天，
我独自来到这里，
揣着闪闪发光的银圆。

偷偷地张望西洋镜的孩子
又换了一批，
依旧是很小的孩童。

人偶
和孩子

（人偶）
　　一，二，三，
　　小姐姐现在眨眼睛了，
　　赶紧趁机伸个懒腰吧。

（孩子）
　　哎呀，哎呀，哎呀，
　　真是个顽皮的人偶呀，
　　我刚刚才把你摆放好。

拾木屑

朝鲜的小孩，在摘什么呢？
紫云英开了吗？艾草可以摘了吗？
　　不，不，小草已经枯萎了。

朝鲜的小孩，在唱什么呢？
在唱朝鲜的歌谣吧。
　　不，不，他们唱的是日本的童谣。

朝鲜的小孩，开开心心地
在材料加工厂的广场上，
　　捡拾掉落在地上的木屑。

拾起木屑，捆成一束，
顶在头上，就回家了。
　　在小小的家中，
　　跟母亲一块儿生起火，
　　等待父亲的归来。

弹珠

满天的繁星，
真漂亮，
真像漂亮的玻璃珠。

哗啦啦，天空撒满了玻璃珠，
该从哪颗开始弹呢？

弹一弹
这颗星星，
咚，撞上了那颗星星。
然后把那颗星星
像这样捡起来。

不管怎么捡，星星都捡不完，
满天的繁星，是天空在玩弹珠。

卷末手记

——完成了。
　　完成了。
　　我心爱的诗集终于完成了。

想让自己这样兴奋起来，
但心中还是只有
寂寞感。

夏末，
秋色初显，
趁着做针线活儿的空隙写诗的我，
手中只剩下了空虚。

该给谁看呢？
连我自己，心中也没谱，
充满了寂寞。
（啊，终究
还是没能登上山顶就回来了，
山的轮廓消失在云朵中。）

总之，
虽然知道这只是打发寂寞的手段而已，
但在秋意渐浓的日日夜夜里，
我还是奋笔疾书，
勤耕不止。

明天以后，
该写什么呢？
写寂寞吧。

翻译金子美铃诗集的那段时间，我总是在深夜里，一个人静静地坐在桌前一字一句地敲打键盘。翻着翻着，常常感觉身旁出现一个小女孩，她总是在我译得出神时跑来找我聊天，跟我讲述她那小小的世界中所看到的一切。

她对一切都那么热爱，一草一木，大海、天空、月光、冰雪、麻雀……世间的一切仿佛都能给她带去喜悦和忧愁，她处处留心，观察入微。我常常被她的俏皮可爱逗得莞尔一笑，有时候也为她的形单影只而心生怜悯，为她无边无际的幻想而心头一热，但更多的时候因为她那能感知世界万物的柔软内心而倍感美好与温暖。

读她的诗就仿佛在自己疲惫不堪时得到了一个小女孩柔软的拥抱。世界变得简单而美好，仿佛回到了遥远的童年，在她的诗歌中看到自己的影子，仿佛是倾听年幼的自己在诉说，诉说那些小欢喜、小调皮、小幸运、小寂寞。

然而，构建了这样一个丰盈而完整、细腻又柔韧的世界的诗人，她的人生旅途却并非一路顺遂，相反，其中充满了艰难与悲伤。

她的故事从 1903 年日本的一个小渔村开始讲起。

1903 年 4 月 11 日，金子美铃出生于日本山口县一个小渔村——山口县大津郡仙崎村（现在的山口县长门市仙崎）。父亲在她 3 岁时就死于异乡，留下姥姥和母亲以经营书店为生。当时，刚出生不久的弟弟正佑被送给在下关经营大型书店的姨父姨母当养子。家中虽不富裕，但书店作为小镇唯一的文化中心，让幼年的美铃从小受到了书籍的熏陶，相比渔民的孩子，她早早展现出过人的聪明才智，成绩优异，并引以为豪。

中学时，居住在下关的姨母病逝，因为养子正佑的关系，母亲随之嫁到了姨父家，仙崎家中只剩下姥姥、美铃与哥哥。

中学毕业后，美铃谢绝了老师让她到外地升学的好意，留在家中协助哥哥一起打理店铺，她下午常坐在店铺里，给小朋友们讲故事，很受小朋友们欢迎。

后来，在母亲的安排下，弟弟每逢假期会来仙崎，跟哥哥姐姐一起谈文学、音乐、电影。两年之后，哥哥结婚；美铃接受母亲的建议搬到了下关市居住。

1923 年 4 月，20 岁的美铃从渔村仙崎搬到当时的大都会下关，白天在姨父的店中工作，夜晚继续沉浸在书籍的海洋中。

1923 年 6 月，她平生第一次以"金子美铃"的名字投稿，大部分投到了日本著名诗人西条八十参与的杂志中。西条八十曾赞赏美铃"她的整个诗作包裹在一种温暖轻柔的情怀之中"。

20 世纪初的日本，政治、经济尚未成型，那时却是"童谣"的好时光。由于芥川龙之介等多位作家对当时儿童所唱颂歌谣的低质深感痛心，因此，参与进行了一场声势浩大的童谣创作运动。由师从夏目漱石的小说家——铃木三重吉所创刊的童谣杂志《赤鸟》也应运而生。这场"童谣热潮"为金子美铃铺平了绽放异彩的舞台[1]。

博学多才的美铃得到了弟弟正佑的尊敬和爱慕，美铃也在与弟弟的朝夕相处中，感到了欣赏与温情。为避免正佑不知道彼此的姐弟关系而导致过于亲密，身为一家之主的姨父决定让美铃尽快出嫁。他选中了刚在上山文英堂工作的一名雇员，他比美铃大两岁，曾在博多股票界混迹多年，还曾跟一名妓女殉情未遂。身为生意人的姨父打算让继女美铃和员工结婚，从而让他俩当夫妻总管，等到弟弟正佑成熟后，再由他正式继承家业。尽管遭到正佑的极力反对，但考虑到母亲寄人篱下的处境，美铃只好答应，而这段勉强的婚姻却最终将美铃推向了死亡的深渊。

美铃跟丈夫的婚后生活一开始就不平稳，正佑和他关于生意问题频频发生冲突。最终，正佑离家出走。加上姨父不满美铃的丈夫在花街柳巷认识的女人在店铺出现。最后，已经身怀六甲的美铃只好跟着丈夫搬出家门，在下关市内偏僻的地区租房住下。

婚后，美铃在忙碌的生活中仍然抽空创作。新作品主要发表于西条八十主宰的杂志《爱诵》上。1926年7月，《日本童谣集》问世，收录了著名诗人的作品，也收录了美铃的两首诗《大渔》和《鱼儿》。日本童谣诗人会在前一年由33名诗人组成，其中女成员只有1名，乃40多岁名气很大的与谢野晶子。这次两篇作品被录用，使23岁的美铃成为第2名女性会员。

丈夫离开上山文英堂后找不到工作。这期间，一家三口多次搬家。1927年底，一家三口回到下关，开始了卖粗点心的小生意。

---

1 《童谣诗人之死》 新井一二三。

潦倒的家境让原本就在情感和价值观上没有交集的夫妻生活更加艰难，丈夫开始禁止美铃创作，也不允许她跟文学上的朋友们通信。更甚的是，流连于花街柳巷的丈夫竟然得了淋病，并把病传染给了美铃。

1929 年，精神和身体的双重打击让美铃常常因病卧床不起。但她仍然在生活中不停发现语言之美，收集心爱的女儿房江的话语。在她看来，3 岁女儿说的每一句话都跟珠宝一样可贵，在生命最后的几个月里，美铃收集的房江话语多达 334 句。

另外她还拿起笔抄写作品集。除婚前两本《美丽的小镇》和《天空的妈妈》以外，这次还有一本《寂寞的王女》，收录了婚后的 162 篇作品。从夏天抄到秋天，总共整理了三本手写的诗集。

丈夫拈花惹草的恶习不变，身心都受到摧残的美铃下定决心离婚。唯一的愿望是将女儿留在身边，可丈夫一时答应后又反悔，在离婚后提出让美铃归还女儿的要求。根据当时的日本法律，只有父亲才拥有儿女的抚养权。美铃最终留下一封遗书，希望把女儿交给母亲养育。在丈夫到家中来接女儿的那天，1930 年 3 月 10 日，结束了自己 27 岁的生命。

36 年后，还在读大学一年级的矢崎节夫[1] 在 1957 年发行的文库本《日本童谣集》里读到《大渔》，感到心灵被深深震撼，开始踏上寻找金子美铃之旅。经过了长达 16 年的寻觅，他终于找到美铃的弟弟，并从其手中获得 3 本手抄遗稿，共计 512 首诗歌。这之后，矢崎节夫为了让这些优秀的作品被更多读者看到，立刻联系了几家出版社的编辑，但都因为童谣并不卖座而遭到拒绝。这时候，向他伸出援手的，是刚成立不久的 JULA 出版局的大村祐子，她说："哪怕少印一点儿也行，要把

---

1 矢崎节夫：日本儿童文学家，金子美铃纪念馆馆长。

它们变成活字。这样一来，总有一天会有人欣赏这些作品的。"

于是，1984年，3卷《金子美铃全集》由 JULA 出版局出版问世，立刻震撼了日本文坛。金子美铃的作品终于复活。

迄今，金子美铃的多首代表作被收录于日本的中小学国语课本。并有包括中文在内的英、法、德、波兰、锡克、尼泊尔、韩、蒙古等十余种语言的版本。另有讲述金子美铃生平的《向着明亮那方》等多部日本电影。为了纪念金子美铃诞辰100周年，2003年，长门市仙崎建立了市立金子美铃纪念馆。

也许，当我们知晓她的曲折人生，我们似乎才更进一步读懂她的寂寞，也能从她的诗歌中窥见不同的形象与情感。那些诗中，除了阳光与欢乐、幻想与俏皮，还有很多寂寞与孤独。我隐隐约约可以看到一个童年时不被看见的小身影，一个渴望父母关爱，却无法得到满足的小女孩。"寂寞"是诗中高频词语之一，一个不被看见的幼小心灵，一个无法给予孩子情绪抚慰的母亲，一个寂寞失落的小身影通过对外界的幻想来获得喜悦与安慰。这样的形象贯穿了整套诗集。

当然，除此之外，美铃的作品还有很多值得阅读的理由。

日本文化百科

日本的四季变迁、风土人情、山川河流、民间故事，贯穿了512首诗歌。漫游其中，仿佛金子美铃穿越时空，带领你登上东瀛岛国，不疾不徐地体验了一把异国风情之旅。仙崎八景、歌留多、女儿节、七夕竹笺、纹服、净琉璃、鲤鱼旗、箱庭、折纸、伊吕波纸牌、鲸鱼法事……合上书，结束这段旅程时，你发现日本仿佛离你更近了，这些关于日本的点点滴滴于你也不再陌生。

想象力的启蒙

美铃诗歌中充满了丰富多彩的想象，比如《有生命的簪子》中渔家孩子头上的大丽花如燃烧的火焰，鸟儿停留一下就飞走，是因为被烫着了；《商队》中在炎热沙漠中行走的商队其实是一群在沙滩上爬行的蚂蚁；《纸拉门》中的日式拉门像一栋楼，楼里有多间房，手指戳出的孔是打开的窗；《扑克牌女王》中掉落许久的扑克牌从漂亮的女王变成了灰头土脸的老奶奶；《日月贝》中红黄色的日月贝是太阳和月亮在海底相遇后产生的。整套诗集是一场想象力的盛宴，给成人带去更多角度的观察和思考，给孩子带去丰富的想象力启蒙。

发现美的眼睛

除了启发想象力以外，美铃诗歌还是绝佳的美学教材。俗话说生活中不是缺少美，而是缺少发现美的眼睛。从大山、大河、大海，到田野上的紫云英、路边的野蔷薇、土地里的小草、房檐上的麻雀、院子里的公鸡、天空中的星星、大海里的鱼儿，处处都是自然的馈赠，到处都有生命的存在，到处都有美的趣味，正如美铃在《什么都喜欢》中说好想喜欢上一切，再如《石榴叶与蚂蚁》中，石榴叶看着蚂蚁踏上一场寻花之旅；《花瓣的海洋》中呼唤把全日本掉落的花瓣都收集起来，抛向大海，然后驾一艘红色小舟驶向远方。

柔软纯净的心地

美铃的诗歌处处洋溢着一种细腻的温柔，有对弱者的怜惜，对劳苦人民的同情，对世间万物的善意，比如在《卖梦》中善良的卖梦人也把梦送给了陋巷里那些买不起梦的孩子；在《瘦小的树》中给遭到冷遇的小树挂上明亮的月亮；《鱼儿》《无家可归的鱼儿》中其他的动植物都有家，都有人照顾，而鱼儿却孤独无依，无家可归；《麻雀妈妈》中麻雀妈妈看着被抓的小麻雀是怎样的心情；《大鱼》中岸上的人办庙会，海底成千上万条沙丁鱼要办葬礼；《没有爸爸妈妈的小鸭子》中间到没有爸爸妈妈的小鸭子怎么睡得着呢。

自愈、孤独与忧伤

"孤独""寂寞"这样的词反复出现在美铃的诗歌中，"我"常常感到寂寞。比如《没有玩具的孩子》中"没有玩具的孩子，很寂寞……可是，我的寂寞，要得到什么，才会好起来呢？"。《冬季的雨》里，没有得到母亲回应的"我"，只好"寂寞地把左脸颊贴在冰冷的，冰冷的窗玻璃上"。《红色小舟》中因对父亲的思念而寂寞。即便一直与寂寞孤独相伴，美铃还是呼唤"向着明亮那方"。在诗歌里她仿佛在低声说，即便人生艰难，还是要向着明亮那方，看到世界的美，保持温柔的心，向着明亮那方，闪闪发光，一路远航。

我想，喜欢金子美铃的人们，肯定内心都有着一个柔软的小孩，因此才会被她深深吸引。或许正读着这本书的你，就还是个孩子。也或许你透过这些诗，看到了曾经的自己，或看到了内在的自己。拥抱那个小孩吧，允许那个柔软的孩子一直住在你心里，不苛刻她的脆弱，去爱护，去照顾，因为她的存在，我们才感到了更多生命的丰盈。就像历经万千困难也执笔写出温暖诗歌的美铃，无论如何，都没放弃对生命的热爱。

哪怕有一天，你不再能听到鲸鱼的哭泣，不再能看到花儿的眼泪，不再会因为踩到积雪而心疼，也愿你能轻轻翻开这本诗集，细细地读，慢慢地品，然后和身旁的小麻雀一起做个香甜的美梦。

图书在版编目（CIP）数据

秋天，一夜之间 /（日）金子美铃著；闫雪译 . 一
长沙：湖南文艺出版社，2019.7
ISBN 978-7-5404-8605-1

Ⅰ . ①秋… Ⅱ . ①金… ②闫… Ⅲ . ①诗集—日本—
现代 Ⅳ . ① I313.25

中国版本图书馆 CIP 数据核字（2018）第 054352 号

金子みすゞ 童謡全集（金子みすゞ 著）
KANEKO MISUZU DOUYOU ZENSHU
Original Japanese edition published by JULA 出版局 , Tokyo, Japan
Simplified Chinese edition is published by arrangement with JULA 出版局
through Discover 21 Inc.,Tokyo.

上架建议：文学 · 诗歌

QIUTIAN, YI YE ZHI JIAN
秋天，一夜之间

作　　者：[日]金子美铃
译　　者：闫　雪
出 版 人：曾赛丰
责任编辑：薛　健　刘诗哲
监　　制：毛闽峰　李　娜
特约策划：李　颖　杨　祎
特约编辑：王　静　谢晓梅
版权支持：金　哲　闫　雪
营销编辑：吴　思　刘　珣
封面设计：棱角视觉
版式设计：梁秋晨
出版发行：湖南文艺出版社
　　　　　（长沙市雨花区东二环一段 508 号　邮编：410014）
网　　址：www.hnwy.net
印　　刷：北京中科印刷有限公司
经　　销：新华书店
开　　本：860mm × 1200mm　1/32
字　　数：241 千字
印　　张：10
版　　次：2019 年 7 月第 1 版
印　　次：2019 年 7 月第 1 次印刷
书　　号：ISBN 978-7-5404-8605-1
定　　价：49.80 元

若有质量问题，请致电质量监督电话：010-59096394
团购电话：010-59320018